Was nach dem Tod geschah

Dieses Buch ist jenen Menschen gewidmet, die wissen,
dass mehr existiert, als man mit den Augen sieht.

Matthias Dächert

WAS NACH DEM TOD GESCHAH

EINE REISE INS UNBEKANNTE

Bibliografische Information der Deutschen Nationalbibliothek:
Die Deutsche Nationalbibliothek verzeichnet diese Publikation in
der Deutschen Nationalbibliografie; detaillierte bibliografische Daten
sind im Internet über dnb.dnb.de abrufbar.

Die automatisierte Analyse des Werkes, um daraus Informationen
insbesondere über Muster, Trends und Korrelationen gemäß §44b
UrhG (»Text und Data Mining«) zu gewinnen, ist untersagt.

Verlag: BoD · Books on Demand GmbH, In de Tarpen 42,
22848 Norderstedt

Druck: Libri Plureos GmbH, Friedensallee 273, 22763 Hamburg

ISBN: 978-3-7597-9401-7

INHALT

Wir sind nur gekommen,
ein Traumbild zu sehen, wir sind
nur gekommen zu träumen, nicht wirklich,
nicht wirklich sind wir gekommen,
auf der Erde zu leben.

Tochihuitzin Coyolchiuhqui
(aztekischer Dichter, um 1419)

VERGANGENHEIT

Es gibt Momente, in denen alles ruhiger ist. In denen die Zeit stillzustehen scheint und die Gedanken klar und sorgenlos sind. In solchen Momenten ist das Herz etwas wärmer, die Luft etwas lieblicher und alles, was man sieht, etwas schöner. Gerade ist ein solcher Moment. Ich heiße Helene, bin 41 Jahre alt, habe einen Sohn, keinen Mann und bin studierte Juristin. Es ist Sonntag und ich spaziere zum See. Ich laufe diesen Weg oft und kenne jeden Busch und jedes Haus, an dem ich vorbeilaufe. Ich wohne im dritten Stock und mein kleiner Balkon reicht nicht aus, um dieses sonnige Frühlingswetter zu genießen. Es ist der erste schöne Tag in diesem Jahr. Ein Tag so warm, als wäre es bereits Sommer. Ich laufe die Straße entlang, an der die Kirschbäume alleenartig stehen und in einem wunderschönen Rosa blühen. An der Zahnarztpraxis biege ich in einen Fußweg rechts ab. Am asiatischen Restaurant vorbei, eine Straße weiter an der Wäscherei biege ich links ab, vorbei an der Kindertagesstätte in Richtung Grundschule. Hinter der Grundschule passiere ich die römisch-katholische Kirche und laufe einen schmalen Pfad am Bach entlang, der mich zu meinem Ziel des Spazierganges führen wird. Vor drei Jahren bin ich beruflich an diesen Ort gezogen. Mein Arbeitsplatz befindet sich in der naheliegenden Stadt. Ich hatte mich damals entschieden nicht in der Stadt zu leben. Ich wollte mehr Natur in meiner Umgebung, und da ich davor viele Jahre inmitten einer Großstadt gelebt hatte und die vielen Angebote, die mir in dieser Großstadt geboten wurden, nicht genutzt hatte, habe ich mich entschieden in einen Vorort zu ziehen. Ich bin in einem Vorort aufgewachsen und habe mich an die Nähe zur Natur gewöhnt. Als Kind bin ich zu Fuß zu meinen Freundinnen gelaufen. In dem Vorort, in dem ich aufgewachsen bin, waren nicht viele Autos unterwegs und meine Eltern hatten keine Sorgen, dass etwas passieren konnte. In meiner Straße kannte ich die meisten Nachbarn, und die natürlich auch mich. Man wurde nicht nur gegrüßt, man musste auch grüßen. Meine beste Freundin hieß Stephanie. Sie ging mit meinem Bruder in eine Schulklasse und ich lernte sie über ihn kennen. Mein Bruder feierte seinen Geburtstag und seit dieser Feier war ich mit Stephanie verbunden. Später in meinem Leben bemerkte ich, dass Stephanie ein sehr merkwürdiger Mensch war. In jungen Jahren war es nicht so wichtig, ob jemand merkwürdig war. Man war noch nicht ausgereift und von den gesellschaftlichen Strukturen konditioniert, und es war daher nicht wichtig, ob jemand normal war. Als Kind hatte ich die Zeit mit Stephanie genossen. Wir hatten viel Spaß und Gemeinsamkeiten und ihr merkwürdiges Verhalten empfand ich eher als Bereicherung. Auf Außenstehende wirkte sie schüchtern und zurückhaltend, so als ob sie eine gewisse Scheu vor anderen Menschen hätte. In Wahrheit war es eine Maskerade von ihr. Sie beobachtete die Welt und nahm die Welt auf eine Weise wahr, die sie normal denkenden Menschen nicht mitteilen konnte, ohne dass sie sich als merkwürdig offenbart hätte. Sie nahm die Dinge wahr, wie als wäre sie nicht von dieser Welt und würde in einer Parallelwelt leben. Ihr Vater war Schauspieler an einem staatlichen Stadttheater. Eine Zeit lang besuchte sie eine Schauspielergruppe für Kinder. Ich glaubte, dass dies ihre Phantasie und Selbstidentität beeinflusst haben könnte. Sich in andere Rollen zu begeben, speziell wenn man jung ist, entführte sie in andere Identitäten. Als sie mich einmal besuchte, meinte sie ernsthaft, ob meine Holzmöbel aus Stein wären. Später im Leben erzählte sie mir mal, dass sie glaubte an Asperger erkrankt zu sein. In unseren jungen Jahren spielten wir nicht mit den üblichen Mädchenspielsachen, sondern zur Verwunderung ihrer Eltern spielten wir Computerspiele auf einem Atari-Computer. Noch zwanzig Jahre später schickte sie mir Textnachrichten auf mein Mobiltelefon, ob ich mich noch an die Zeit erinnern würde, in der wir Computerspiele gespielt haben. Mir gefiel es, eine Freundin zu haben, die in einer anderen Welt zu leben schien. Mit ihrem Verhalten schaffte sie es, dass ich mich in ihrer Welt wiederfand. Eine surreale Welt. An einem öffentlichen Spielplatz versteckten wir uns einmal in einem Gebüsch, als eine Familie den Spielplatz betrat. Plötzlich lief sie aus dem Gebüsch und spuckte aus heiterem Himmel der Mutter ins Gesicht. Die Frau war sichtlich geschockt und lief Stephanie hinterher. Stephanie war zu schnell für sie und plötzlich erwischte die Mutter mich. Ich war stehen geblieben, da ich über diese Handlung von Stephanie selbst verwundert war. Bei einer anderen Gelegenheit warf sie vor den Augen der Bauarbeiter Steine in die Mitte eines frisch gelegten Fundaments aus Beton. Wir flüchteten, so schnell wir konnten. Am anderen Ende der Straße, in der sie lebte, befand sich das städtische Krankenhaus. Es war ein großes Krankenhaus mit vielen unterschiedlichen Gebäuden. Es fiel nicht auf, wenn man das Gelände des Krankenhauses betrat, da die vielen wechselnden Patienten sich ebenfalls auf dem Gelände befanden.

Wir stiegen immer an einer bekannten Stelle über die Mauer. Es war schön, dort zu spielen, denn das Gelände bot eine parkähnliche Atmosphäre. Es gab Springbrunnen, hohe Bäume befanden sich auf dem Gelände, und eine sehr große Wiese. Der Krankenhauskiosk bot eine große Auswahl an Süßigkeiten und Eis an. Das Krankenhaus war für uns ein interessanter Spielplatz. Einmal blieben an Silvester einige Kracher übrig und Stephanie hatte diese gemeinsam mit einem Feuerzeug von zuhause mitgenommen. Wir nahmen die Kracher und schlichen uns zu einem Gebäude innerhalb des Krankenhauses. Dieses Gebäude hatte eine abschüssige Einfahrt zu einem Tor. Die Einfahrt führte in das Untergeschoss des Krankenhauses. Wir nahmen die Kracher als Bewaffnung und schlichen uns durch das nicht abgeschlossene Tor. Der Gang dahinter war sehr breit. Die Wände waren cremefarben gestrichen und der Boden spiegelglatt. An den Ecken der Decken war die Beleuchtung des Ganges angebracht. Wir liefen den Gang entlang und bogen dann nach links ab. An der rechten Seite waren diese Klappen in der Wand angebracht und wir wussten vom Fernsehen her, was das für Klappen waren. Es waren die aus Metall bestehenden Klappen, die ausfahrbar waren und in denen die Toten lagen. Wir liefen den sehr langen Gang weiter und kamen zu einem großen Raum, in dem viele Rohre zusammenliefen und in dem große Geräte laute Geräusche von sich gaben. Die verschiedenen Gebäude des Krankenhauses mussten augenscheinlich unterirdisch miteinander verbunden sein. Plötzlich sahen wir, dass von dem Gang, aus dem wir gekommen waren, uns ein kleines Fahrzeug entgegenkam. Es war ein kleines Fahrzeug, das anscheinend Betten oder andere Dinge zwischen den einzelnen Gebäuden transportierte. Wir liefen den Gang entlang und versteckten uns unter einem Bett, welches an der Seite eines Ganges stand. Das Fahrzeug fuhr an uns vorbei und der Fahrer schien uns nicht bemerkt zu haben. Ohne dass wir unseren Plan, mit unseren Krachern etwas in die Luft zu sprengen, umsetzen konnten, rannten wir, so schnell wir konnten, zum Ausgang und verließen unbemerkt das Krankenhaus. Die Eltern von Stephanie hatten kein Auto. Passenderweise vertrug sie es nicht, in einem Auto zu fahren. Ihr wurde vom Autofahren schlecht. An einer Geburtstagsfeier fuhren uns die Eltern des Geburtstagskindes mit dem großen Auto zu einem Spielplatz, als ihr plötzlich schlecht wurde und sie sich übergeben musste. Später in ihrem Leben hatte sie einmal ein Auto gekauft. Sie brachte es fertig, innerhalb weniger Monate in mehrere Unfälle verwickelt zu sein, ehe sie das Auto verschrotten ließ und von da an auf das Auto verzichtete. Als wir zwanzig Jahre alt waren, unternahmen wir eine Weltreise und flogen nach Indonesien. Wir kauften uns expeditionsähnliche Outdoorbekleidung und merkten bereits am Flughafen, dass wir von anderen Reisenden beobachtet wurden. Die Personenkontrolle war bei uns dann etwas ausführlicher als üblich. Wir landeten in der indonesischen Hauptstadt Jakarta und reisten von dort per Zug östlich durch die Insel Java. Wir besichtigten die Stadt Yogyakarta, bestiegen den Vulkan Bromo, setzten per Fähre nach Bali über und erkundeten die Insel Bali und die im Osten benachbarte Insel Lombok. Nördlich der Insel Lombok befanden sich drei sehr kleine Inseln, die Gili-Inseln. Es gab hier keine Straßen und Hotels. Übernachtet wurde hier in einfachen von Einheimischen vermieteten Holzhütten. Es gefiel uns hier, denn hier fühlten wir uns fernab jeglicher Zivilisation. Abends setzten wir uns an den Strand und rätselten, was wir wohl beruflich einmal werden würden. Wir trafen einen Holländer, der Marketing-Manager eines Streichkäseherstellers war und uns erzählte, dass vor kurzem sein neuer Streichkäse in die Supermarktregale eingeführt wurde. Wir fanden den Holländer sehr attraktiv, wollten allerdings seinem Gerede über Käse und Supermärkte nicht weiter zuhören. Wir reisten weiter nach Osten und durchquerten die Insel Sumbawa und setzten östlich von Sumbawa auf die Insel Flores über. Wir übernachteten in Westflores, in einer Hütte in der Nähe des Meeres. Stephanie aß gerne Fisch, ekelte sich aber vor den Augen der Fische. Im Restaurant bedeckte sie immer die Fischaugen mit einem Salatblatt. Sie meinte, dass die Augen sie daran erinnern würden, dass sie ein Tier aß. Mit einem Holzboot ließen wir uns einmal zu einem wunderschönen Strand fahren. Hier trafen wir auf einen Touristen, der vor kurzem eine Geschlechtsumwandlung durchgeführt hatte. Wir waren verwundert, wie offen manche Menschen waren. Das Wasser war sehr klar und die Strände traumhaft. Diese Reise mit Stephanie war wunderschön. Stephanie hatte immer das Gefühl, viel Geld verdienen zu müssen. Sie hat ihren Eltern Vorwürfe über deren niedrigeres Einkommen gemacht. Sie studierte Jura und obwohl sie ein gutes Studium absolvierte, war ihr das Ergebnis nicht gut genug. Sie wiederholte die Abschlussprüfung, weil sie der Meinung war, ohne sehr gutes Prädikatsexamen später nicht so viel Geld verdienen zu können. Sie war ein Spätzünder und hatte bis Anfang dreißig keine Erfahrungen mit Männern. Irgendwann fing sie an auszugehen und Alkohol zu trinken. Obwohl sie schlank und nicht sehr groß war, konnte sie sehr viel Alkohol vertragen und erstaunlicherweise noch normal wirken. Sie fing irgendwann an öfters auszugehen und hatte viele Männer.

Stephanie ist ein Jahr älter als ich und sie mag ihren Job als Juristin nur, weil sie viel Geld verdient und dafür nicht sehr viel arbeiten muss. Ihre Firma wurde vor kurzem verkauft und der neue Eigentümer bemerkte, dass viele Mitarbeiter nicht das nötige Arbeitspensum erreichten. Sie teilte mir ausdrücklich mit, dass es ihr missfiel, unter dem neuen Eigentümer mehr arbeiten zu müssen. Im Grunde war ihr die Arbeit egal. Die Arbeit musste bequem sein, ihr Ansehen verschaffen und genug Geld einbringen. Sie hatte eine längere Beziehung mit einem Mann, der noch studierte und dem sie alles bezahlte. Sie bezahlte die gemeinsame Wohnung, seine Kleidung, die Urlaube und das Essen. Er wollte eine Familie mit ihr gründen, doch sie ging nach wie vor jedes Wochenende feiern und trank bis spät in die Nacht viel Alkohol. Die Beziehung zerbrach und sie trauerte ihm nach und bezahlte ihm noch für ein ganzes Jahr die Miete seiner Wohnung. Wenig später lernte sie im Urlaub einen Mann kennen, der ebenfalls kein Geld verdiente und dem sie finanziell unter die Arme greifen konnte. Manche Menschen verhalten sich nach gewissen Mustern, von denen sie anscheinend niemals abweichen.

Ulrike lernte ich in der Grundschule kennen. Sie war perfektionistisch veranlagt und sehr intelligent. Sie konnte sich einfach alles merken und behalten, ganz wie ein Computer. In der Schule schrieb sie nur gute Noten und war deutlich besser als ihre Schwester. Sie war ein kompletter Kontrast zur Stephanie. Im Gegensatz zur Stephanie hatte sie wenig Phantasie, dafür konnte sie alles, was sie einmal gehört hatte, behalten und wiedergeben. Sie vergaß einfach nichts. Man konnte sie alles fragen und wenn man sie etwas fragte, dann sprudelten gespeicherte Weisheiten aus ihr heraus. Allerdings hatte sie ein großes Problem. Ein Hindernis, das sie ihr ganzes Leben verfolgte. Sie konnte mit Dingen nicht abschließen, weil etwas abzuschließen bedeutete etwas loszulassen und zu verlieren. Etwas abzuschließen bedeutet, mit etwas Frieden zu schließen. Dieser Zustand, nicht abschließen zu können, basierte auf den Erlebnissen mit ihrer Mutter. Ihre Mutter war verstorben, als sie vierzehn Jahre alt war. Ihre Mutter hatte ihr das ganze Leben lang zu verstehen gegeben, dass sie kein Wunschkind war. Sie hatte eine Schwester, die von der Mutter bevorzugt wurde. Ihre Mutter brachte immer Süßigkeiten vom Einkaufen mit. Sie gab diese Süßigkeiten der Schwester von Ulrike. Ulrike bekam nichts. Die Mutter von Ulrike benachteiligte Ulrike, aus welchen Gründen auch immer. Als ihre Mutter starb, trug Ulrike ein Jahr lang schwarze Kleider. Sie hatte sich nicht von ihrer Mutter, welche sie nicht wollte, ordentlich verabschieden können. Sie trauerte um sich selber und nicht um die verhasste Mutter, die endlich tot war. Eine Zeitlang ging ich oft zu Ulrike. Wir gingen zusammen shoppen und unterhielten uns über die Schule und Jungs und über alles, was angesagt war. Sie war genauso wie Stephanie eine Spätzünderin und hatte erste Erfahrungen mit Männern erst mit Anfang dreißig. Sie lernte über eine Online-Kontaktbörse ihren zukünftigen Mann kennen und brach darauf den Kontakt vollständig zu mir ab. Ich habe seitdem nie wieder etwas von ihr gehört.

Mit achtzehn Jahren lernte ich Elisabeth kennen. Elisabeth war ein Einzelkind und hatte im Keller ihrer Eltern eine Art Wohnzimmer. Der Raum war schön eingerichtet. Im Keller befanden sich ein eigenes Bad und ein Kühlschrank. Wir trafen uns über viele Jahre hinweg jeden Freitag bei Elisabeth. Wir hörten Musik, unterhielten uns über Mode und tranken Alkohol. Die Diskotheken öffneten damals erst sehr spät und hier hatten wir die Möglichkeit, uns auf die bevorstehende Nacht vorzubereiten. Ulrike war auch immer dabei. Meistens holte ich Ulrike, die in meiner Nähe wohnte, mit dem Auto ab und wir fuhren gemeinsam zur Elisabeth. Elisabeth war sehr hilfsbereit und man konnte sich immer auf sie verlassen. Sie trank sehr viel Alkohol und war sehr hübsch. Sie war schlank, hatte einen mittelgroßen Busen und große rehbraune Augen. Sie pflegte ihr langes braunes Haar, welches ihren ohnehin schönen Körper nur noch attraktiver machte. Ich habe nie mehr jemanden kennengelernt, der sich so sehr für Körperpflege interessierte wie Elisabeth. Sie verwendete unzählige kosmetische Produkte, duschte sich manchmal zweimal am Tag und ging niemals ungeschminkt aus dem Haus. Die Jungs fanden sie alle attraktiv und sie brauchte abends nicht lange zu warten, bis sie von Jungs umzingelt war. Natürlich profitierten wir alle von ihr. Sie war die Queen unserer Gruppe. Sie lebte immer im Augenblick und machte sich keine Gedanken über die Zukunft oder Vergangenheit. Es ging ihr immer darum, was jetzt ist und jetzt gemacht werden kann. Während andere sich damit beschäftigten, was nächstes Wochenende unternommen werden kann, beschäftigte sie sich immer mit dem Heute. Dies schaffte eine schöne Atmosphäre an unseren Abenden, weil jeder Abend dadurch zu etwas Besonderem wurde. Besonders, weil wir uns alle keine Gedanken über die Zukunft machten. An einem Abend, wir waren in einer Diskothek, entstand ein Streit mit anderen Mädchen und sie versuchte zu schlichten, sie machte dabei die Situation allerdings nur noch schlimmer. Der Abend endete damit, dass Elisabeth und ich mit diversen blauen Flecken im Krankenhaus gelandet sind. Ihr Großvater hatte ihr zu ihrem achtzehnten Geburtstag ein rotes Cabriolet geschenkt. Damit weckte sie vor allem auch bei den Jungs Aufmerksamkeit. Sie fing eine Ausbildung als Kosmetikerin an und eröffnete ihr eigenes Kosmetikstudio. Im Laufe der Zeit nahm das Interesse am Ausgehen bei uns ab, nicht jedoch bei Elisabeth. Die gemeinsamen Abende ließen nach, als wir alle Mitte zwanzig waren. Elisabeth ging immer aus und trank immer Alkohol. Später hatte sie Probleme, ihrer Arbeit nachzugehen. Ich traf sie einmal später und sie erzählte mir von ihren Gefühlen und Problemen. Sie hatte im Laufe der Zeit sehr intensive Angstzustände bekommen. Sie sagte, sie könne diese Angst nur mildern, indem sie Alkohol trinken würde. Teilweise sei das Verlangen nach Alkohol bereits morgens vorhanden. Mit Ende dreißig schaffte sie es nicht mehr, ihr Geschäft aufrechtzuerhalten, und bekam wirtschaftliche Probleme. Am Ende hatte sie kaum noch Kunden. Man sah ihr den über viele Jahre hohen Alkoholkonsum und ihr exzessives Nachtleben an. Sie meinte irgendwann, dass die ganzen chemischen Substanzen aus den Kosmetikprodukten daran schuld seien, dass sie sich nicht mehr gut fühlte. Sie hatte über einen längeren Zeitraum die Miete nicht zahlen können und ihr Geschäft wurde geschlossen. Sie schaffte es nicht, selber diesen Schritt zu unternehmen, und ging zum Gemeindebüro, in dem sie einen Nervenzusammenbruch erlitt. Sie stammelte wilde Theorien von sich und meinte, dass irgendwelche Wesen sie verfolgen würden. Sie bat die Mitarbeiter des Gemeindeamtes, dass dringend etwas unternommen werden müsste und sie sofort Hilfe benötigte. Sie stimmte noch in dem Büro der Gemeinde der Einweisung in eine psychiatrische Klinik zu. Ich begegnete ihr später einmal, als sie wieder draußen war. Sie lebte bei ihren Eltern und sah körperlich und seelisch gezeichnet aus. Ihre Augen waren gelb, weite

Teile ihres Kopfes waren spärlich mit Haar bedeckt. Sie war sehr schlank und sagte, dass sie kaum etwas essen kann. Ab und an würde sie sich eine Dose Eintopf zubereiten und schaffte es dann, ein Drittel davon zu essen. Sie trank weiterhin täglich viel Alkohol. Man kann sagen, dass Elisabeth in wenigen Jahren sehr viel und sehr intensiv gelebt hatte. Für mich ist sie ein Beispiel dafür, dass das Leben für alle endlich ist. Man kann es intensiv leben, und dann ist es oftmals schnell und kurz, oder lang und dann ist es oftmals langatmig. Ich mag Elisabeth, auch wenn sie sich nie richtig um ihre drei Kinder, die sie von zwei verschiedenen Männern hat, gekümmert hat.

Einer meiner treuesten Weggefährten war Jon. Ich lernte Jon in der Schule kennen. Er war nicht nur schüchtern bei den Mädchen, sondern er war gegenüber allen Menschen zurückhaltend. Er hatte soziale Ängste, die verhinderten, dass er sich auf normalem Wege ausleben konnte. Wenn er von jemandem etwas gefragt wurde, dann wurde er nervös und es dauerte lange, bis er antworten konnte. Im Laufe der Zeit verwendete er immer das Wort »äh«. Wenn er gefragt wurde, kam erstmal ein »äh«. Hierdurch schaffte er es, seine Nervosität zu verringern und Zeit für eine Antwort zu gewinnen. Er lebte permanent in einer eigenen Welt und als die Computer noch nicht sehr verbreitet waren und in jedem Haushalt vorzufinden waren, fing er an sich für Computer zu interessieren und sich damit zu beschäftigen. Der Computer war der ideale Rückzugsort für Jon. Ein Computer macht einen nicht nervös. Im besten Fall macht ein Computer einfach nur, was man möchte. Seine mangelnde Aufmerksamkeit allen Mitmenschen gegenüber führte dazu, dass er vieles vergaß. Er vergaß Geburtstage, er verlor seine Portemonnaies, er vergaß seinen Rucksack, er vergaß

Kleidungsstücke und benötigte unnatürlich lang um sich für etwas zu entscheiden. Selbst beim Bäcker erhielt die Verkäuferin erstmal einen unsicheren Blick und ein mehrfaches »äh«. Er freundete sich nicht nur mit dem Computer an, sondern fing in jungen Jahren an Marihuana zu rauchen. Er lebte sehr lange bei seinen Eltern und seine Eltern hatten ein großes Haus mit einem nicht ausgebauten Dachgeschoss. Das Dachgeschoss war sein Reich. Hier konnte er sich zurückziehen und Marihuana rauchen. Er rauchte über viele Jahre mehrere Joints pro Tag. Der Computer und Marihuana waren sein Hobby und wurden sein täglicher Begleiter. Er fing konsequenterweise an Informatik zu studieren und schloss dieses Studium erwartungsgemäß sehr gut ab. Er interessierte sich eine Zeit lang für Chemie. Speziell die Funktionsweise von Sprengstoffen hatte sein Interesse geweckt. Er bestellte sich diverse Chemikalien im Internet und baute aus diesen Sprengstoffe. Er erzählte mir einmal lange von der explosiven Kraft diverser Sprengstoffe und lud mich ein, einen von ihm gebauten sehr kraftvollen Sprengstoff auf einem Acker zu zünden. Ich hatte davor zu viel Angst und sagte ihm immer wieder, er solle aufpassen, dass ihm nichts passiert. Er sprengte dann eines Nachts einen metertiefen Krater in einen Acker und erzählte mir stolz davon. Eines Tages fuhren mehrere schwere Fahrzeuge eines Sondereinsatzkommandos bei seinen Eltern vor und durchsuchten das Haus seiner Eltern mit einem Durchsuchungsbefehl. Sie beschlagnahmten die gefundenen Substanzen. Er hatte zu diesem Zeitpunkt keine fertigen Sprengstoffe im Haus, sondern nur die Chemikalien, um diese herzustellen. Hierdurch kam er nochmal glimpflich davon. Er wünschte sich eine Freundin. Seine mangelnde Sozialkompetenz und sein verklemmtes Auftreten hinderten ihn viele Jahre daran, eine Partnerschaft einzugehen. Er hörte irgendwann auf Marihuana zu rauchen und zog in eine eigene Wohnung. Er veränderte seine Ernährungsgewohnheiten und fing an Sport zu treiben. Er lernte später auf einer Thailandreise eine ebenfalls zurückhaltende Frau kennen. Er wollte sie nicht heiraten, aber dennoch mit ihr zusammen sein. Er flog mehrmals im Jahr nach Thailand und sie mehrmals im Jahr zu ihm. Er wollte nicht, dass sie bei ihm einzieht. Seine mangelnde Entscheidungsfreudigkeit und seine latente Lethargie wurde er niemals los.

Lisa lernte ich in der Grundschule kennen, wir waren dort anfangs keine engen Freunde. Als wir uns auf einer weiterführenden Schule wiedertrafen, freundeten wir uns an und wurden über viele Jahre die besten Freunde. Sie war ein Einzelkind und ich übernachtete öfters bei ihr. Sie hatte eine sehr fürsorgliche Mutter, die sich sehr um unser Kinderwohl kümmerte. Lisa hatte immer eine riesengroße Schale mit Süßigkeiten in ihrem Zimmer. Ich kannte so etwas von mir zuhause nicht und fand es als Kind faszinierend, eine so große Schale voller Süßigkeiten im Kinderzimmer zu haben. Wenn ich bei ihr war, wollte ich immer daraus essen und fand es merkwürdig, warum Lisa aus ihrer eigenen Schale keine Süßigkeiten aß. Sie erklärte mir, dass, wenn man jederzeit daraus essen kann, man die Lust und das Verlangen darauf verliert. Lisas Eltern hatten ein eigenes Schwimmbad und ihr Vater hatte unzählige Filme auf Videokassetten. Es war immer sehr angenehme bei Lisa. Lisa war sehr selbstbewusst und fing schon früh mit Jungs an. Durch Zufall fingen wir bei dem gleichen Unternehmen eine Ausbildung an und somit sahen wir uns auch nach der Schulzeit fast täglich. Irgendwann hatten wir uns sattgesehen. Es gab überhaupt keinen Auslöser dafür, aber wir fingen an uns aus dem Weg zu gehen. Ich fand das sehr traurig, war aber wahrscheinlich auch mitschuldig an dieser Entwicklung. Manchmal will es das Schicksal, dass man Menschen begegnet oder sich von Menschen loslöst. Nach der Ausbildung gingen wir getrennte Wege und sollten uns für achtzehn Jahre nicht mehr sehen. Lisa heiratete später und hatte eine Tochter. Sie arbeitete bei einer Bank und hatte in ihrem Leben gelernt, sich so zu geben, wie es andere von ihr erwarteten. Sie konnte mit Kunden sehr gut und selbstbewusst umgehen und war sehr beliebt. Sie betreute ihre Kunden deutlich über die Erfordernisse der Bank hinaus. Sie brachte die Verträge abends zu den Kunden nach Hause und wenn sie einen Kunden im örtlichen Restaurant traf, dann grüßte sie den Kunden nicht nur, sondern sie spendierte ihm ein Getränk. Ihr Verhalten diesbezüglich war sehr großzügig und sie hatte die Intelligenz zu erkennen, dass die Kunden ein solches Verhalten honorieren würden, was diese auch taten. Sie war eine der besten, und bei Kunden beliebtesten Kundenbetreuerinnen der Bank. Die Mischung machte es bei ihr aus. Sie hatte ein sehr selbstsicheres und selbstbewusstes Auftreten und ihr Wesen stellte etwas dar. Man erwartete von so jemandem nicht, dass man auf eine solche intensive Art betreut wird. Daher wurde ihr Engagement von den Kunden auch sehr gewürdigt. Vor zwei Jahren erhielt sie die Diagnose Multiple Sklerose. Sie musste diverse Medikamente einnehmen. Sie ging sehr offen mit der Diagnose um und erzählte allen davon. Hierdurch hatte auch keine ihrer Freundinnen Hemmungen, über dieses Thema zu sprechen, und ich glaube, dies war eine gute Entscheidung von ihr. In letzter Zeit meinte sie öfters, dass ihre Beine anfingen taub zu werden. Sie meinte, dass ihre Beine bitzelten und sie ihre Beine teilweise nicht spüren würde. Nach der Diagnose wurde sie erneut schwanger und brachte einen gesunden Jungen zur Welt.

Astrid lernte ich gemeinsam mit Lisa in der Schule kennen. Wie der Zufall so wollte, machte Astrid ebenfalls die gleiche Ausbildung in einem anderen Unternehmen. Wir sahen uns alle immer, wenn wir in die Berufsschule gingen. Nach der Berufsausbildung verlor ich auch den Kontakt zu Astrid. Das erste Mal, als ich Astrid und Lisa wiedertraf, war, als ich meinen 39. Geburtstag feierte. Ich fuhr von der Arbeit nach Hause und dachte daran, wen ich alles zu meinem 39. Geburtstag einladen werde. Merkwürdigerweise dachte ich an Astrid und Lisa, als ich vor dem Haus einparkte. Ich stieg aus und dachte genau in dem Moment an die beiden, als ich eine leere Flasche Champagner auf der Gartenmauer stehen sah. Ich betrachtete diese leere Flasche und es kam mir der Gedanke, dass ich diese beiden Menschen nach achtzehn Jahren, in denen wir uns nicht gesehen hatten, wiedersehen wollte. Ich entschloss mich beide einzuladen. Dieser Entschluss war der Auslöser, dass zwischen uns dreien erneut eine sehr gute Freundschaft entstand. Astrid erzählte mir nur wenige Monate nach der Geburtstagsfeier, dass sie eigentlich vorhatte sich das Leben zu nehmen. Sie hatte Depressionen und sah keinen Sinn mehr in ihrem Leben. Sie hatte seit jungen Jahren Epilepsie und nahm diverse Medikamente. Sie war fett. Trotz allem, dass sie fett war, hatte sie eine besondere Ausstrahlung. Sie war groß und hatte langes natürliches blondes Haar und strahlend blaue Augen. Sie hatte eine schöne Stimme und konnte herzhaft lachen. Sie war verheiratet gewesen und hatte aus dieser Ehe zwei Töchter. Man sah ihr an, dass ihr Körper eigentlich eine Auszeit benötigte. Sie konnte nie länger an einem Ort bleiben. Ihre Gedanken schienen permanent woanders und bereits einen Schritt weiter zu sein. Wenn sie einen besuchte, dann verabschiedete sie sich bereits, unter irgendeinem Vorwand, zwei Stunden später wieder. Sie erzählte mir, dass sie, kurz bevor sie meine Einladung auf meine Geburtstagsfeier erhalten hatte, jemanden kennengelernt hatte, den sie bereits aus ihrer Jugendzeit kannte, und dass sie gerade dabei war, sich zu verlieben. Sie deutete aufkommende Verliebtheit und meine Einladung zur Geburtstagsfeier als Zeichen, sich doch nicht das Leben zu nehmen. Ich fand ihre Offenheit bemerkenswert.

Im Laufe eines Lebens begegnet man unzähligen Menschen. Gewisse Begegnungen scheint man beeinflussen zu können. Man entscheidet sich für eine Arbeitsstelle oder ein Hobby oder für einen Freundeskreis. Die Menschen, denen man dann begegnet, führen wieder zu neuen Erlebnissen und Erfahrungen. Das eine führt zum anderen, und wenn der erste Schritt nicht stattgefunden hätte, gäbe es den zweiten nicht. Meistens wird der erste Schritt getan, ohne dass der zweite Schritt geplant war. Die eigenen Erlebnisse scheinen vordergründig auf bewussten Entscheidungen zu beruhen. Bei näherer Betrachtung sind sie das Resultat aus vorherigen Erlebnissen. Man könnte meinen, dass alles geschieht wie in einem Dominospiel. Der hundertste Stein fällt nur, weil der erste gefallen war. Was man sich nicht aussuchen kann, ist seine Familie. Die Geburt in eine Familie scheint das Schicksalhafteste zu sein, was man erlebt.

Eine Krähe tappte vor mir auf den Weg. Diese Vögel haben etwas Besonderes an sich. Ich habe bei diesen Vögeln immer das Gefühl, dass sie mich bewusst erkennen. Es wird ihnen nachgesagt, dass sie intelligent sind. Ich denke nicht nur, dass sie intelligent sind, sondern dass diese Vögel auf eine andere Art mit einem kommunizieren können. Auf eine Art, wie es für solche Vögel Sinn macht. Ein Vogel kann sich nicht mit Wörtern ausdrücken, aber vielleicht machen sie es auf eine andere Art, die wir Menschen nicht erkennen. Ich betrachtete den Vogel und dachte daran, wie es wäre, wenn das Einzige, was man sich selber aussuchen könnte, die Familie ist, in die man geboren wird, und alles, was von da an passiert, ein vorgeschriebener Pfad ist. Als Kind liebte ich meine Familie, später überfielen mich ein paar Jahre, in denen ich kleinlich und leicht gekränkt gegenüber einigen meiner Familienmitglieder war, und heute liebe ich meine Familie wieder wie damals als Kind. Eine intakte Familie gibt Halt und Sicherheit in der Welt. Eine Familie ist der engste Clan, den man hat, weil nichts näher sein wird als die Mutter, in deren Bauch man die ersten Monate des eigenen Lebens verbrachte, oder die Schwester, deren Leben man von Anfang an verfolgen konnte. Unabhängig davon, ob man seine Familienmitglieder hasst oder liebt, die Nähe zu ihnen ist nicht zu verleugnen.

Beide Großväter von mir dienten im Zweiten Weltkrieg. Heinrich kämpfte in Frankreich gegen die Alliierten und Paul an der Ostfront. Paul starb, als ich acht Jahre alt war. Er brachte mich jeden Morgen mit seinem Auto in den Kindergarten. Ich liebte Paul. Jeden Morgen lief ich in das benachbarte Haus der Großeltern, um mit Oma Gerda und Opa Paul zu frühstücken. Ich versteckte dabei heimlich den Autoschlüssel, weil ich viel lieber Zeit bei den Großeltern verbracht hätte als im Kindergarten. Opa Paul wusste, dass ich den Schlüssel versteckt hatte, und spielte das Spiel mit und suchte den Schlüssel. Er hatte einen sehr rasanten Fahrstil und beachtete die Straßenregeln nur widerwillig. Im Laufe der Zeit schien das einigen im Dorf aufzufallen und meine Eltern fingen an mich in den Kindergarten zu fahren. Paul war ein herzensguter Mensch. Er hatte eine sehr liebenswerte Ausstrahlung und ein sehr sanftes Wesen. Im Zweiten Weltkrieg war er MG1-Schütze in der Wehrmacht. Das MG1 war ein mit zwei Mann zu bedienendes Maschinengewehr. Es war das größte tragbare Maschinengewehr der Wehrmacht. Mein Vater erzählte mir einmal, wie es Paul geschafft hatte, von der Ostfront zurückzukommen. Paul hatte diese Geschichte meinem Vater erzählt. Paul war an einem Bachlauf im tiefsten Russland und putzte seine Stiefel. Beim Reinigen seiner Stiefel schlug neben ihm eine Granate ein und verletzte ihn schwer. Seine Verletzungen führten dazu, dass er nicht mehr kampffähig war. Er wachte auf einem Pritschenwagen Richtung Deutschland wieder auf. Halb verhungert erreichte er ein Krankenhaus in Deutschland, in dem er Gerda, seine zukünftige Frau, traf. Gerda war Krankenschwester und versorgte täglich dutzende schwer verletzte Männer. Gerda arbeitete zuvor in einem landwirtschaftlichen Betrieb als Magd. Sie musste dort sehr viel arbeiten. Die Erlebnisse von Gerda und Paul prägten sie ein Leben lang.

Heinrich geriet in Frankreich in amerikanische Kriegsgefangenschaft. Heinrich war in Ostpreußen aufgewachsen und da Ostpreußen nach dem Krieg nicht mehr zu Deutschland gehörte, musste er sich eine neue Heimat im restlichen Deutschland suchen. Zugezogene Kriegsheimkehrer waren in vielen Orten nicht gerne gesehen, und er versuchte dieses Problem zu umgehen, indem er sich sehr pflegte und auf ein gutes Äußeres achtete. Er ging regelmäßig zum Friseur und achtete sehr auf seine Kleidung. Er trug jeden Morgen Eau de Cologne auf und hatte immer einen Kamm dabei. Er kaufte sich als Erster im Ort einen Kühlschrank und einen

Videorekorder. Er ging jeden Sonntag in die Kirche und achtete sehr darauf, dass er von anderen geachtet wurde. Er hatte eine schöne kraftvolle Stimme, der man gerne zuhörte. Sein Lachen war herzhaft, und er genoss es, Zeit mit seinen vielen Enkelkindern zu verbringen. Ich liebte es sehr, bei Oma Anna und Opa Heinrich zu sein. Anna hatte Schmerzen in der Hüfte und konnte nur erschwert laufen. Sie liebte Eis und hatte im Gefrierschrank immer Eis, das sie an ihre Enkelkinder verteilte und vor allem auch selber aß. Sie lachte immer viel. Es war ein schmerzhaftes Lachen, denn ihr Gesicht war gezeichnet von ihren Schmerzen, die ihre Hüfte verursachte. Sie sagte nie ja oder nein, sondern »na«. Fragte man sie, ob der Opa schon da war, antwortete sie mit »na«. Fragte man sie, ob der Opa noch nicht da war, antwortete sie auch mit »na«. Ich liebte es, Zeit bei ihnen zu verbringen. Meine Großeltern sind alle tot.

Meine Mutter kam sehr früh mit meinem Vater zusammen. Sie lernten sich im Partykeller meines Opas Heinrich kennen. Meine Mutter war siebzehn und mein Vater 21. Meine Mutter hat vier Geschwister und wollte als Kind ins Kloster. Ihre Eltern ließen sie mit dreizehn Jahren in ein Kloster einer weit entfernten Stadt gehen. Als sie vierzehn Jahre alt war, bemerkte sie, dass das Klosterleben nicht das war, was sie sich vorgestellt hatte und sie wieder zurück zu ihren Eltern wollte. Ein Verlassen des Klosters war mit einer sehr hohen Zahlung der Eltern verbunden, welche die bereits geleisteten Kosten wie Unterbringung und Essen abdecken sollte. Meine Großeltern waren darüber nicht erfreut, und meine Mutter hatte den Rest ihres Lebens mit einem schlechten Gewissen zu kämpfen.

Mein Vater war in jungen Jahren Legastheniker und fing mit vierzehn Jahren eine Ausbildung als Drucker an.

Er erkannte später, dass es nicht seine Bestimmung sein sollte, und absolvierte an einer weiterführenden Schule eine kaufmännische Fortbildung. Er arbeitete viele Jahre als Einkäufer, bevor er später in den Vertrieb wechselte. Er hat ein gutes Bauchgefühl und ist ein Taktierer. Er ist weder ein Verstandsmensch noch ein intuitiver Mensch, sondern wechselt zwischen beiden wie ein Pendel. Ich glaube, dass ihm dies selber nicht bewusst ist. Er argumentiert oftmals mit allen Mitteln, die sein Verstand ihm bietet. Er liest die Zeitung und gibt die Information so wieder, wie er es gelesen hat. In einem anderen Moment handelt er voller Emotion und Kleinigkeiten können ihn sehr stören. Seine Entscheidungen gehen immer von seinem Bauchgefühl aus, und er hat sich eine Fähigkeit angeeignet, dass er diese emotionalen Entscheidungen mit verstandsgetriebenen Argumenten kommunizieren kann. Hierdurch kann er andere mit Argumenten beeinflussen und trotzdem sein Leben durch sein intuitives Bauchgefühl bestimmen lassen.

Meine längsten Weggefährten sind mein älterer Bruder und meine jüngere Schwester. In meiner Kindheit waren sie vertraute Spielgefährten. Die Aufmerksamkeit der Eltern verteilt sich auf die Anzahl der Kinder. Später waren sie die Messlatte für die eigenen Lebensziele und erst vor kurzem bemerkte ich die Schönheit, die besteht, wenn man Geschwister hat. Wie Freunde, die man seit der Kindheit kennt, sind Geschwister umso mehr vorhandene Konstanten im eigenen Leben, mit denen man in die eigene Vergangenheit blicken kann. Meine jüngere Schwester arbeitet bei einer Bank und berät Kunden über mögliche Geldanlagen. Sie ist überzeugt von den Vorteilen der Bankprodukte. Mein älterer Bruder ist sehr naturverbunden und wünscht sich nichts sehnsüchtiger als ein Haus in der Natur mit einem großen Garten. Er weiß mit Technologie nichts anzufangen. Er sagte einmal, dass die größte Technologie der menschliche Geist ist. Und das Vorhandensein dieses Geistes ausreichend ist.

In meinen jungen Jahren fiel es mir nicht leicht, einen Freund kennenzulernen. Jedes Mal wenn ich mich in einen Jungen verliebte, entstand so etwas wie eine emotionale Mauer zwischen ihm und mir und mir war es unmöglich, auf normalem Wege mit diesem Jungen zu sprechen. Wurde ich von einem Jungen angesprochen, dann wurde ich oftmals rot und ein ängstliches Gefühl kam in mir auf. In meinen jungen Jahren bemerkte ich an mir selber etwas, das ich damals nicht einordnen konnte. Ich bemerkte auch bei anderen Mädchen, dass diese schüchtern reagierten, wenn sie von einem Jungen angesprochen wurden, nur war es bei mir etwas anderes. Ich war nicht nur schüchtern. Es war so, als ob eine unsichtbare Kraft in mir eindrang, sobald ein Junge anfing mit mir zu flirten. Erst sehr viel später wurde mir bewusst, dass ich die Gefühle anderer Menschen sehr intensiv wahrnehmen konnte. Damals absolvierte ich ein Praktikum in einem Immobilienbüro. In diesem Büro arbeitete zeitgleich auch Ingo. Ingo war sehr zurückhaltend. Er hatte eine geistige Behinderung, die ihn sehr schüchtern und zurückhaltend wirken ließ. Er benahm sich übertrieben rücksichtsvoll. Hatte er beispielsweise eine Frage an jemanden, der bereits mit jemand anderem sprach, dann stellte er sich in die Nähe desjenigen, dem er die Frage stellen wollte, ohne das Gespräch der beiden anderen zu unterbrechen. Er stand dann minutenlang verloren herum, bis ihn jemand von sich aus ansprach. Da wir in einem Großraumbüro arbeiteten, konnte ich ihn gut beobachten. Ich spürte die Unruhe, die in manchen Situationen in ihm aufkam, und die Angst, etwas falsch zu machen. Diese Gefühle nahmen dann von Minute zu Minute zu. Oftmals bemerkten die beiden in ein Gespräch vertieften Kollegen Ingo überhaupt nicht oder sie ignorierten ihn. An den ersten Tagen konnte ich mir nicht vorstellen, dass ich die Gefühle eines anderen Menschen wahrgenommen hatte. Mit jedem Tag mehr bemerkte ich, dass dies tatsächlich nicht meine Gefühle waren, sondern die Gefühle eines anderen Menschen. Es fiel mir dann wieder ein, dass ich gerade in jungen Jahren bereits hellfühlige Erfahrungen gehabt hatte. Ich erinnerte mich daran, dass, wenn in der Schule etwas zu Bruch gegangen war und die Lehrerin in die Runde fragte, wer das gewesen sei, ich in diesem Moment die Angst desjenigen fühlte, der eigentlich schuldig gewesen war. Dieses Schuldgefühl kam so plötzlich in mir hoch und ich spürte es in meinem ganzen Körper, obwohl ich mir bewusst war, dass ich nichts zu befürchten hatte. Heute empfinde ich die Hellfühligkeit als Geschenk, damals war sie der Hauptgrund, warum alle meine Flirtversuche scheiterten. Wenn ein Junge anfing mit mir zu flirten, fokussierte er sich selbstverständlich auf mich und war aufgeregt. Durch seine Fokussierung auf mich spürte ich seine Aufregung oder sogar Angst so intensiv und identifizierte diese als meine, sodass ich außerstande war auf normale Art zu reagieren. Im Laufe der Jahre und als ich älter war, konnte ich diese Angst des anderen aushalten. Ich hatte gelernt, mit den in mir vorhandenen Gefühlen anderer umzugehen und zu reagieren.

Ich lernte Heiko kennen. Heiko war bildhübsch und sehr selbstbewusst. Ich verliebte mich in ihn und hoffte von ihm an die Hand genommen zu werden. Leider ging die Beziehung nach wenigen Monaten auseinander. Ich war zu schüchtern und zurückhaltend für sein extrovertierteres

Leben. Stefan lernte ich auf einer Party eines Freundes kennen. Er hatte blondes Haar, blaue Augen und war in mich verliebt. Wir waren für viele Monate zusammen. Ich musste die Beziehung nach einigen Monaten beenden. Ich konnte ihn sehr intensiv wahrnehmen und spürte seine Gefühle fast ununterbrochen. Ich hatte das Gefühl, dass ich mich selber verlor, wenn ich in seiner Nähe war. Ich hatte das Gefühl, ihn über Distanzen spüren zu können. Auch wenn wir sehr weit entfernt voneinander waren, wusste ich, wie es ihm geht und was er fühlt. Es machte mich verrückt, ihn permanent zu spüren. Ich machte aus heiterem Himmel Schluss und fühlte mich bereits wenige Tage später befreit und erlöst.

Aus der Beziehung mit Richard entstand mein Sohn. Richard versteckte seine Gefühle hinter einer Mauer und es war wie, als ob er eine Maske trug. Mir war es nicht möglich, seine Gefühle zu spüren und wahrzunehmen. Nach außen konnte er sehr charmant und selbstbewusst auftreten. Ich wusste aber, dass er keine Gefühle an sich ranließ. Zum damaligen Zeitpunkt war er der ideale Partner für mich, denn ich konnte seine Gefühle nicht wirklich wahrnehmen. Ich wehrte mich damals, Gefühle von anderen an mich heranzulassen, und fühlte mich daher, zumindest am Anfang unserer Beziehung, gut. Richard und ich lebten zwölf Jahre zusammen. Nach wenigen Jahren war von Liebe, die wahrscheinlich nie so richtig vorhanden war, nichts mehr übrig. Wir trennten uns, und ich war darüber sehr erleichtert. Wenn man mit jemandem zusammenlebt, dessen Gefühle man nicht wahrnimmt, dann ist es so, als ob man alleine wäre. In der Beziehung mit Richard war ich gefangen in seinem Lebensrhythmus. Es ging um seine Freunde, um seine Urlaubspläne, er suchte die Restaurants aus, er plante mein Leben. Ich fühlte mich wie eine Marionette, die funktionieren sollte. Gegenüber seinen Freunden und ihm empfand ich mich wie einen Gegenstand. Erst nach der unausweichlichen Trennung, die wie eine Befreiung für mich war, merkte ich, dass in mir etwas ist, das sich nach etwas anderem sehnt.

GEFÜHLE

Nachdem ich von Richard getrennt war, lernte ich meine eigenen Gefühle kennen. In meinen jungen Jahren konnte ich meine Gefühle nicht einordnen. Ich war ihnen ausgeliefert. Sie bestimmten meinen Alltag und beeinflussten mein Handeln. Wenn man seine eigenen Gefühle nicht kennt, dann können Gefühle einen leicht dazu verleiten, etwas zu tun, was man nicht wirklich tun möchte. In meinen jungen Jahren sehnte ich mich nach echten Freundschaften und habe diesen Gefühlen sehnsüchtig nachgegeben. Meine Gefühle führten mich zu Freunden und Begegnungen. Nicht jeder dieser Menschen tat mir gut. Das Gefühl war zufriedengestellt, jedoch war es nicht wirklich mein Gefühl. Es scheint fast so, als ob Gefühle nicht nur aus dem Innersten entstehen, sondern dass Gefühle gefüttert werden können von äußeren Umständen. Im Ergebnis befriedigt man fremde Gefühle, die man in sich trägt. So tat ich in meinem Leben viele Dinge, die mir heute fremd vorkommen. Ich behandelte andere Menschen schlecht, verletzte mich selber, quälte Tiere, trug Gefühle von Neid und Missgunst in mir und sah alles nur aus der Perspektive eines Wesens, das in der begrenzten Zeit, die man in diesem Körper verbringt, mitnehmen muss, was man bekommen kann. Ohne Erkenntnis, dass etwas schön sein kann, was nicht zu mir gehört, ging ich durch die Welt. Meine Gefühle entschieden, mit was ich mich identifizierte. Ich konnte mich nur mit etwas identifizieren, das von meinen Gefühlen akzeptiert wurde. Dies erschuf eine Welt voller Dualität, mit der ich nicht zurechtkam. Ich identifizierte mich mit meiner Nationalität, mit meinem Beruf, mit meiner Ausbildung, mit meinen Freunden, mit meinen Hobbys, mit meinen Gedanken, mit meinem Verhalten und bildete mir ein, dass dies etwas Besonderes sei. Ich war tatsächlich der Überzeugung, dass eine Rangordnung existiert und diese Rangordnung eine Relevanz in der eigenen Existenz hat. Ich verglich mich mit anderen und freute mich, wenn ich in irgendeiner Disziplin besser war als andere. Ich freute mich deshalb, weil es bedeutete, dass ich etwas besser kann als andere. Die Erkenntnis, dass das rangmäßige Vergleichen von Menschen innerhalb einer Disziplin Vielfalt zerstört, hatte ich nicht. Die Frage war nicht, was ist mein individueller Weg in diesem Leben, sondern was kann ich innerhalb einer Disziplin besser als andere. Immer wenn ich besser war als andere, fühlte es sich an wie eine Belohnung. Ich folgte diesen Belohnungen und merkte erst sehr spät, dass die meisten Dinge, die ich tue, überhaupt nichts mit mir zu tun hatten. Es waren einfach Strukturen, die irgendwann gebildet wurden und mit denen man sich verglich. Ich identifizierte mich mit diesen Strukturen und machte mein Gefühlsleben abhängig von Erfolgen, die ich innerhalb gewisser Disziplinen hatte. Es kam eine Zeit, in der ich unglücklich war. Ich wusste nicht warum ich mich schlecht fühlte. Ich spürte allerdings, dass ich Dinge tat, die nicht von mir kamen. Alles, was ich tat, war das Erfüllen von Leistungen, die mir immer fremder wurden. Mein Gedankengut bewegte sich wie ein Karussell in meinem Kopf und die langwierige und viele Jahre dauernde Realisierung, dass diese Gedanken überhaupt nicht meinem innersten

Wertesystem entsprachen, war wie Exorzismus. Es hatte viele Jahre gedauert, bis ich mir darüber im Klaren war, dass ich in meinem Leben etwas geschenkt bekommen hatte. Das Geschenk, zu mir selbst gefunden zu haben. Ich lebe nun seit vier Jahren alleine. Es gibt viele Gründe, in einer Beziehung zu leben. Das Schönste jedoch ist, wenn man mit jemandem zusammenlebt, der einem vom Herzen guttut. Wenn man dann auch weiß, dass man ihm guttut, dann fühlt man sich wie, als ob man eins wäre. Es scheint so, als ob es mir nicht vergönnt war, in meinem bisherigen Leben so jemanden kennenzulernen. Es ist nicht so, dass ich mich nach einer Beziehung sehne, es ist eher so, dass mich die Intimität zu einem anderen Menschen anzieht. Mit anderen Menschen umzugehen ist wie ein Magnet. Zu manchen fühlt man sich hingezogen und von anderen abgestoßen. Manche Paare scheinen mit jemandem zusammenzuleben, der sie eher abstößt. Manche sind so eng miteinander verbunden, dass es scheint, als ob sie eins geworden sind. Ich traf Menschen, zu denen ich mich hingezogen fühlte. Menschen, die ich attraktiv empfand. Es gibt Menschen, die äußerlich attraktiv sind, und dies hat eine gewisse Anziehung. Ich bemerkte jedoch immer stärker, dass es auch eine innere Attraktivität gab. Ich begegnete Menschen, die eine Ausstrahlung besaßen, die mich faszinierte. Menschen, in denen eine Kraft schlummerte, die mich mitreißen wollte. Oftmals waren dies Menschen, die eine sehr selbstsichere Ausstrahlung hatten, in der Anwesenheit solcher Menschen fühlte ich mich dann ebenfalls sicherer oder es waren Menschen, die eine liebevolle Ausstrahlung hatten. Während meiner Studienzeit traf ich jemanden, der eine sehr selbstsichere Ausstrahlung hatte. Er war groß und hatte eine starke und gleichfalls sanfte Stimme. Immer wenn er den Raum betrat, fühlte man sich sicherer. Ich bemerkte, dass dies nicht nur mir so ging, sondern auch anderen. Er hatte viele Menschen, die ihm zu folgen schienen. Auch ich empfand es als angenehm, bei ihm zu sein, und wann immer die Möglichkeit bestand, ging ich in seine Nähe. Er musste für diese Ausstrahlung nichts tun. Er wirkte durch seine Anwesenheit beruhigend auf alle Menschen in seiner Umgebung. Diese Selbstsicherheit gibt ein gutes Gefühl für die Zukunft. Es lässt voller Zuversicht in die Zukunft blicken und Sorgen und Befürchtungen verschwinden. Ich bin nicht vielen solcher Menschen begegnet. Am liebsten waren mir die Menschen, die entweder Weisheit oder etwas Liebevolles in sich trugen. Menschen, die eine liebevolle Ausstrahlung haben, taten mir gut. Man begegnet ihnen nicht sehr oft, aber es sind die schönsten Begegnungen. Einem Menschen zu begegnen, dessen Interesse darauf ausgerichtet ist, dass es einem gut geht, sind die wohltuendsten Begegnungen. In solchen Momenten spürt man, was Liebe ist. Oftmals bedarf es in der Anwesenheit solcher Menschen keines Handelns. Man fühlt sich gut, weil man in der Nähe solcher Menschen sein darf, wie man ist. Die Begegnungen mit weisen Menschen sind die interessantesten. Solche Begegnungen geben neue Eindrücke und Einblicke, die dazu führen, dass man sich selber weiterentwickeln kann. Das meiste, was man liest und hört, ist dazu da, abzulenken von dem, was wirklich existiert. Weise Menschen schaffen es, den Fokus auf das, was wirklich bedeutend ist, zu lenken und erzeugen Erkenntnisse, die dazu führen, dass man sich selber näher ist. Ich hatte mir einmal überlegt, wie man Kindern Weisheit, Liebe und Selbstsicherheit am besten beibringen oder es fördern könnte und ob Schule der geeignete Ort hierfür ist.

Den meisten Menschen merkt man an, dass sie Unruhe in sich tragen. Man spürt ihre Unsicherheit und den Versuch, diese zu kaschieren. Ich habe das Gefühl, dass das meiste, was die heutigen Menschen tun, aus Unsicherheit heraus entsteht. Aus Unsicherheit geht man trotz guter Gesundheit zum Arzt, wählt Parteien, die nichts verändern, lässt Kinder impfen, bucht Urlaube ein Jahr im Voraus, schließt Versicherungen ab, trägt Kleidung, die man nicht tragen möchte, trifft sich mit Menschen, die einem nicht guttun. Aus Unsicherheit entwickelt ein Land Atombomben und verkündet allen die Existenz dieser Waffen. Aus Unsicherheit werden Kriege begonnen. Ich habe diese Unsicherheit in vielen Menschen gesehen. In allen Gesellschaftsschichten existiert sie. Es scheint so, als ob gerade die Anführer der modernen Zeit unsicher sind. Auf der einen Seite hat es etwas Charmantes, wenn man erkennt, dass die, die uns führen, auch nur Menschen mit Gefühlen sind. Jedoch bewirkt diese Unsicherheit ein Handeln, das nicht deren wahrem Sein entspricht. Wie soll jemand aus seiner Mitte wirken, wenn er seine Mitte nicht kennt? Die moderne Gesellschaft hat ein Wort erschaffen, über das ich oft nachdenken musste. Immer wenn jemand von einem Kompromiss sprach, erinnerte ich mich daran, dass es bei einem Kompromiss nie darum ging, den besten Weg einzuschlagen, sondern die Unzulänglichkeiten der anwesenden Menschen zu befriedigen. Ein Kompromiss bedeutet, wenn die Schulkinder die Schule gelb anstreichen wollen und die Eltern blau, dann wählt man als Kompromiss die Farbe Grau. Wenn der Partner einen Urlaub in den Bergen möchte und man selber am Meer, dann bedeutet ein Kompromiss niemals den eigenen Wünschen zu folgen. Wenn Umweltschützer den Regenwald schonen wollen und andere Menschen ökonomische Erfolge wollen, dann wird ein Kompromiss dafür sorgen, dass der ökonomische Erfolg etwas schmäler ist und der Regenwald etwas langsamer verschwindet. Wie aber sieht eine Welt ohne Kompromisse aus? Ist eine Welt ohne Kompromisse überhaupt vorstellbar? Ein Kompromiss entsteht dann, wenn die Beteiligten sich ihrer Gefühle und Wünsche uneins sind. Wenn man nicht weiß, was man wirklich will, und das weiß man nur, wenn man weiß, was man ist, dann tritt man für Belange ein, die im Grunde gar nicht den eigenen Wertmaßstäben entsprechen. Man trifft viele solcher Menschen, Menschen, die sich für etwas einsetzen und selber nicht danach handeln, die viel verdienen und darüber klagen, wie viel Arbeit sie haben, die sich um andere kümmern und darüber klagen, dass sich keiner um sie kümmert, die sich aufregen, dass andere gewinnen, und selber sich so sehr wünschen zu gewinnen. All dies sind Ausdrucksformen einer Spezies, die mit sich selber im Unreinen ist.

LENNIE

Ich lief den Bachlauf weiter entlang und genoss den Sonnenschein. Es fühlte sich an, wie als ob die Sonne mich streichelte. Irgendetwas war anders als sonst. Die Vögel waren zutraulicher, der Wind sanfter und der Boden, auf dem ich lief, weicher. Ich überquerte die Straße und bemerkte, dass die Menschen in den vorbeifahrenden Autos sehr in sich versunken waren, so als ob sie träumen würden. Am anderen Ende der Straße begann der Waldweg, der mich zu dem Ziel meines kleinen Ausfluges führen sollte. Ich bin bereits öfters zu diesem kleinen See, der mitten im Wald lag, spazieren gegangen. In diesem Kiefernwald wuchsen unzählige Brombeeren, die es unmöglich machten, außerhalb des Weges zu laufen. Vom Waldweg verlief rechts ab der kleine Fußpfad, der mich zum Waldsee führte. Auf dem Waldsee lebten Enten. Eine Bank am Wegesrand bot einen schönen Platz, um die Enten zu beobachten. Der Fußpfad verlief wie eine s-förmige Kurve, bevor man als Erstes die Bank sah und dann den See erblicken konnte. Die Sonnenstrahlen schienen auf den See und auf die Bank. Auf der Bank saß bereits jemand. Ich dachte kurz darüber nach, ob ich mich auf die Bank am anderen Ende des Sees setzen sollte, setzte mich dann aber an das andere Ende der Bank und schlug die Beine übereinander. Die Enten waren heute besonders zutraulich, denn sie liefen nur wenige Meter vor der Bank vorbei und es hatte den Anschein, dass sie sehr mit ihrem eigenen Treiben beschäftigt waren. Der See war nicht sehr groß, man benötigte weniger als zehn Minuten, um ihn zu umrunden. In der Mitte des Sees war eine kleine stark bewachsene Insel. Die Insel bot sich als ideales Zuhause der Enten an. Im Winter fror der See oftmals zu und man konnte auf die Insel laufen. Ich blickte zu dem Mann, der am anderen Ende der Bank saß. Er trug ein gelbes T-Shirt und eine cremefarbene kurze Hose. Er hatte braunes, nach hinten gekämmtes Haar. Er war sehr schlank, wenig muskulös und schien im etwa gleichen Alter wie ich zu sein. Ich schätzte ihn auf vierzig. Er hatte sehr glatte Haut und obwohl er den Eindruck auf mich machte, dass er bereits etwas reifer war, fiel mir auf, dass er keine Falten im Gesicht hatte. Ich glaube, ich hatte ihn eine ganze Weile lang angesehen, denn er begann zu lächeln, ohne zu mir rüberzuschauen. Seltsamerweise war es mir überhaupt nicht peinlich, diesen Mann zu mustern. Ich fand ihn interessant und starrte ihn die ganze Zeit an. Ohne zu mir rüberzublicken, begann er mit mir zu reden.

»Die Enten sind heute besonders zutraulich. Üblicherweise trauen sie sich nicht so nahe an jemanden heran. Ist dir das auch aufgefallen?«

Ich erwiderte: »Es macht mir nichts aus, wenn Sie mich duzen, ich kenne Sie zwar nicht, wir können aber beim Du bleiben. Bist du öfters hier?«

Er blickte zu mir herüber und ich konnte in seine grüngrauen Augen blicken. Er war ein schöner Mann und ich fühlte Verlegenheit in mir aufkommen. Manchmal begegnet man jemandem und möchte von Beginn an sich dieser Person annähern. Er hatte etwas Vertrautes und zugleich Geheimnisvolles. Mir war bewusst, dass ich mit einem wildfremden Mann auf einer Bank ein Gespräch anfing und ich in einer Art und Weise erzogen war, dass man Fremde nicht gleich duzt noch sich annähert. Der Drang, diesen Menschen kennenzulernen, war plötzlich so stark, dass ich, bevor er mir antworten konnte, sagte:

»Ich komme aus diesem Ort und gehe öfters hier spazieren. Der Weg am Bachlauf entlang zum See ist angenehm zu laufen und manchmal trifft man jemanden, den man kennt. Dich habe ich hier noch nie gesehen. Bist du zugezogen?«

Ohne mir eine Antwort zu geben, blickte er wieder auf den See.

»Ich möchte dir nicht zu nahe treten, aber jetzt wo du mich schon geduzt hast, kannst du mir wenigstens verraten, von woher du bist. Also ich bin vor vier Jahren hierhergezogen und mir gefällt es hier. Ich wollte nicht mehr in der Stadt leben, mir war es dort zu laut, vielleicht hat es etwas mit dem Alter zu tun. Früher ging ich oft abends mit Freunden aus, um Spaß zu haben. Heute freue ich mich in einem Ort zu leben, an dem die Häuser nicht mehr als drei Stockwerke hoch sind, an dem man sich ohne Hektik grüßt. Und obwohl hier jeder seine Ruhe haben möchte, kommt man doch auf eine angenehme Art und Weise in Kontakt zu den Nachbarn.«

Ich bemerkte, dass ich ihn einfach zuredete.

»Du hast mir keine Antwort gegeben. Bist du nun von hier oder nicht?«

Er sagte: »Mein Name ist Lennie und ich komme von weit her. Ich bin wegen dir hier.«

»So, du bist also wegen mir hier, das ist eine ziemlich blöde Behauptung. Wieso sollst du wegen mir hier sein? Ich kenne dich überhaupt nicht und wenn du nicht so einen sympathischen Eindruck auf mich machen würdest, würde ich jetzt aufstehen und gehen.«

Er blickte zu mir herüber und sagte: »Schau mal, siehst du das ältere Paar, das dort drüben spazieren geht?

Ich erwiderte: »Ja natürlich sehe ich das Paar. Was ist mit denen?«

Er sagte: »Warte ab.«

Ich dachte mir, was das für komische Antworten waren, die mir dieser Fremde gab. Ich wollte aufstehen und weitergehen, als dieses ältere Pärchen sich direkt vor mir hinstellte und anfing sich zu unterhalten. Sie meinte zu ihrem Mann, er solle das Brot aus seiner Tasche holen, um die Enten zu füttern. Er schien durch ihr Kommando etwas genervt zu sein und meinte, sie solle aufhören ihm andauernd zu sagen, was er zu tun habe. Wenn jetzt fremde Menschen hier wären, dann würde er es als peinlich empfinden, so von seiner Frau behandelt zu werden. Er überreichte ihr die Tasche, drehte sich um und setzte sich zwischen Lennie und mich auf die Bank. Seine Frau nahm das Brot aus der Tasche, gab ihm die Tasche zurück und ging die paar Meter zum Rand des Sees. Er krümpelte die Oberseite der Tasche und legte sie auf meinen Schoß. Ich schaute ihn an und sagte, was ich mit seiner Tasche solle, als mir auffiel, dass die Tasche gar nicht auf meinem Schoß lag, sondern irgendwie in meinen Beinen drin. Ich versuchte die Tasche zu greifen und sie wegzuwerfen, jedoch konnte ich die Tasche nicht berühren. Ich wurde nervös und fuchtelte mit beiden Händen an der Tasche herum, die ich von mir wegstoßen wollte. Meine Hände glitten durch die Tasche hindurch wie Hände durch den Lichtstrahl einer Taschenlampe. Ich berührte die Bank und merkte, dass ich das Holz der Bank gar nicht anfassen konnte. Meine Finger gingen durch das Holz hindurch. Ich schaute zu mir herab und betrachtete mich selber, mein Körper war durchlässig. Ich sah die Konturen meines Körpers wie die Linien eines Holo-gramms. Warum war mir das vorhin nicht aufgefallen und wieso konnte ich mich selber nicht berühren? Ich wollte den Mann, der neben mir saß, ans Gesicht fassen, als Lennie meinen Arm nahm und meinen ganzen Körper erfasste und mich innerhalb eines kurzen Augenblickes über den See zur gegenüberliegenden Bank transportierte. Ich war erstaunt über das, was ich gerade gesehen hatte, und glaubte, dass ich träumte. Ich hatte öfters in meinem Leben intensive Träume, jedoch war das hier anders. Es war sehr real und surreal zugleich. Ich schaute Lennie an und fragte, was dies hier soll.

»Schau, Helene, du bist ausgesucht worden etwas zu sehen, bevor du vollständig ins Jenseits übergehen wirst.«

»Wie meinst du das? Was ist das hier und wer bist du und was erzählst du mit Jenseits?«

Lennie sah mich an und sagte: »Erinnerst du dich daran, als du vorhin die Haustüre verlassen hast? Was hast du danach gesehen?«

Ich erinnerte mich daran, dass vor meinem Haus ein Rettungswagen vor Ort gewesen ist und jemand, der auf der Straße lag, durch zwei Rettungsassistenten behandelt wurde. Es waren ein paar Menschen auf dem Gehsteig, die teilweise stehen geblieben waren, um sich das anzu-schauen, und andere, die hastig vorbeiliefen. Ich erinnerte mich, dass ich die Stimmen des Rettungsassistenten ge-hört hatte, obwohl ich sehr weit weg von ihm stand. Ich hörte seine Stimme, wie als würde er direkt neben mir ste-hen. Ich merkte, dass ich mich trotz dieses Einsatzes der Rettungskräfte gut fühlte. Wenn man solche Unfälle sieht, dann erschrickt man normalerweise und es steigen Sorgen und Ängste in einem auf. Irgendwie kam keine ängstliche

Stimmung in mir auf. Ich ging einfach weiter die Straße entlang und entschied mich an den See zu spazieren.

Plötzlich kam mir der Gedanke, ob ich das war, der auf der Straße gelegen ist und von den Rettungskräften behandelt wurde.

Ich fragte Lennie: »Bin ich durch einen Unfall gestorben?«

Lennie sagte: »Du hast jetzt Zeit, du kannst dich ausruhen und dir das, was ich dir zeigen werde, anschauen. Du bist zurückgeholt worden und wirst bereits erwartet. Um in deinen Worten zu sprechen, ja, du bist gestorben. Ich bin wegen dir hier und werde dir diese Welt aus einer Perspektive zeigen, die du noch nicht kennst, bevor du später zurück in die Wirklichkeit gehst. Eine Wirklichkeit, die du bereits kennst, aber vergessen hast. Du hattest diese Welt zum ersten Mal betreten und deine Verbindungen in der anderen Welt sind in einer Art und Weise vorhanden, dass du zu einem bestimmten Ort zurückgeführt wirst. Ich bin dein Gehilfe, um dich zu jemandem zu bringen, den du kennst.«

Ich bemerkte, dass ich nicht ängstlich war, seitdem ich losgelaufen war hatte ich eine Leichtigkeit, die mir sehr angenehm war. Ich fühlte mich gut. Irgendwie war ich beruhigt und spürte, dass ich Lennie, obwohl ich ihn gerade erst kennengelernt hatte, vertrauen konnte. Ich war sehr froh, dass er bei mir war. Ich bemerkte bei mir selber keinerlei Trauer darüber, dass ich gestorben war. Es betrübte mich nichts und ein Gefühl der Vertrautheit war vorhanden, welches mir unbekannt war. Plötzlich kam der Gedanke an meinen Sohn und ich fragte Lennie: »Was ist mit meinem Sohn?«

»Möchtest du deinen Sohn sehen?«

»Ja, ich möchte ihn sehen.«

Lennie nahm mich an die Hand und wir befanden uns auf dem Hof der Schule. Er hatte gerade Pause und saß auf einem Klettergerüst. Ich wollte zu ihm gehen, als Lennie mich zurückhielt und sagte: »Bevor du zu ihm gehst, sei dir bewusst, dass du immer noch in dieser Welt eingreifen kannst. Auch wenn du jetzt nicht mehr in einem materiellen Körper gefangen bist, kannst du auch in der materiellen Welt etwas bewirken. Dies solltest du wissen. Wenn du dich von deinem Sohn verabschieden möchtest, dann tue dies sanft und liebevoll. Er wird dich spüren können. Ich ging zu ihm. Er hatte seine Beine um ein Seil gelegt und baumelte mit dem Kopf nach unten in diesem Klettergerüst aus Seilen. Ich liebe ihn. Seitdem er auf der Welt ist, bin ich mit ihm verbunden. Wenn ich jemandem alles Gute und Liebe wünsche, dann ihm. Wir schliefen sehr lange noch zusammen in meinem großen Bett. Er wollte nie alleine schlafen und trotz der Empfehlungen der Pädagogen ließ ich ihn immer zu mir ins Bett. Wir erzählten uns dann Indianermärchen oder andere Geschichten. Wir hatten eine Zeitlang ein Spiel beim Zubettgehen. Jeder musste sich eine erfundene Geschichte ausdenken und dann dem anderen erzählen. Es gab keine Vorgaben hierbei und wir erfanden die phantasievollsten Geschichten, die man sich vorstellen konnte. Er erzählte mir oft Geschichten vom Weltall und von fernen Planeten. Später ließ es etwas nach und wir vergaßen manchmal uns die Geschichten zu erzählen. Er spielte Basketball in der örtlichen Vereinsmannschaft und die wöchentlichen Spiele und das Training waren ihm sehr wichtig. Er ging gerne zur Schule. Ich versuchte ihm immer zu erklären, dass alles, was einem jemand erzählt und beibringen möchte, auch nur Erzählungen und Erfahrungen von jemandem sind und er sich immer darüber bewusst sein soll, dass alles, was im Leben zählt, seine eigenen Erfahrungen und Erlebnisse sein werden. Ich fasste ihm an seinen Kopf und sagte ihm, wie sehr ich ihn liebe und dass ich immer bei ihm sein werde. Seine Haare baumelten nach unten und ich sah, dass er anfing zu lächeln. Er lächelte so, wie er immer lächelte, wenn wir uns sahen. Ich wusste, dass er mich spürte. Die Pausenklingel fing an zu läuten und er hangelte sich vom Klettergerüst und lief zum Eingang der Schule. Auf halbem Wege blieb er stehen, drehte sich zu mir um und schaute zu mir herüber. Er hob seine Hand wie zu einem Gruß. Er drehte sich wieder um und lief zur Schule.

Lennie stand neben mir und sagte: »Er ist wundervoll und du wirst sehen, dass du immer mit ihm verbunden sein wirst.«

Ich schaute ihn an und fragte: »Wer bist du?«

Lennie antwortete: »Ich werde dir etwas über mich erzählen, damit du weißt, wer ich bin und warum ich bei dir bin.«

Lennie umarmte mich und brachte mich zu einer Anhöhe, auf der wir einen Blick auf eine weite Ebene hatten. In der Ebene war ein dicht bewachsener Wald. Ein Nebel durchzog die Ebene. Die Sonne war bereits seit einiger Zeit aufgegangen. Ich hörte viele unterschiedliche Tiergeräusche, es zwitscherte, schnatterte und brüllte vom Wald her. Es mussten viele Tiere dort ihr Zuhause haben. Wir waren weit weg von der Zivilisation und ich dachte, Lennie möchte mich an einen solchen Ort bringen, weil er geeignet war, um mir etwas zu zeigen. Ich setzte mich neben ihn auf einen umgefallenen Baumstamm. Ich spürte ein sehr starkes Vertrauen zu ihm. Ich fühlte mich sehr wohl in seiner Nähe. Ich hatte keine Angst und keine Befürchtungen. Ich wusste, dass alles so sein soll, wie es ist, und ich exakt das sehen soll, was für mich gedacht war.

Lennie erklärte mir, dass dieser Ort sehr schön sei und dass er tausende Jahre zurückliegt. Zu einem Zeitpunkt, an dem die Menschen sich noch nicht durch ihren Verstand von den Tieren abgesondert hatten, gab es ein angstfreies Dasein zwischen allem, was existierte. Alles, was dort unten lebt, lebt eine gedachte und vorherbestimmte Symbiose. Diese Symbiose wurde durch etwas gestört, was manche Menschen als Evolution ansehen. Die Wahrheit ist allerdings, dass sich hinter dem Begriff Evolution etwas verbirgt, das der heutigen Menschheit noch nicht bewusst ist. Dass Zeit relativ ist, haben kluge Köpfe herausgefunden, das Verständnis, dass die Evolution relativ ist, bedarf noch einer Weile.

»Bevor ich dir erkläre, was es mit dieser Welt auf sich hat, möchte ich dir mich vorstellen. Ich bin bereits vor vielen tausenden Jahren auf diesem Planeten gewesen und hatte viele Inkarnationen. Ich war eine Bakterie, ich bin als Fisch durch die Meere geschwommen, ich erkannte die Weisheit die in einem Baum existiert, ich war eine Blume, die von vielen Bienen besucht wurde, ich erfuhr die Gefühle eines Elefanten und ich war unzählige Male als Mensch auf diesem Planeten. Meine Seele hat die Aufgabe, noch eine Weile Dienst zu verrichten, bevor ich in die höchsten Mysterien aufsteigen werde. Was die Mysterien sind, wirst du noch erfahren. Zuvor erzähl ich dir, warum ich dich bei deiner Reise begleite. Zu einer Zeit vor tausenden Jahren war ich einst König von einem Volke aus dem heutigen Südamerika. Zu dieser Zeit wusste man, dass Gott und Götter existierten. Man kommunizierte mit ihnen und betrieb Handel mit den Kräften und Urgewalten der anderen Welt. Man sah in allem einen Zusammenhang. Mein Volk, von dem ich Anführer wurde, wusste, dass alles einer Choreographie unterlag. Ein Sturm entstand nicht ohne Grund, eine Krankheit kam nicht aus heiterem Himmel, die Begegnung mit einem Jaguar, der durch den Dschungel streift, war kein Zufall, sondern hatte eine Bedeutung. Alle Tiere und Pflanzen waren in der Umwelt eingebunden, das eigene Seine war eingebunden in die Welt dort draußen. Ein Gewitter kam nicht aus dem Nichts. Es wurde eingeleitet durch Kräfte, die eine eigene Existenz hatten. Kräfte, mit denen die heutige Menschheit nicht mehr in der Lage ist zu kommunizieren. Wir wussten damals, dass in allem eine Kraft steckt. Diese Kraft war lebendig. Es ist unerheblich, ob etwas organisch oder nicht organisch ist. Diese Kraft lebt genauso, wie sie in einem Tier lebt, auch in einer Pflanze und in einem Menschen und auch in einem Stein oder Holz. In allem steckt eine Kraft, die ein gewisses Potential bietet. Und dieses Potential kann genutzt werden vom großen Geist. Der große Geist ist in diesem Mysterium nicht alleine, denn dieses Mysterium ist gebildet worden, um zu erfahren, wie es ist, den großen Geist nicht zu kennen. Dieses Mysterium ist das vierundzwanzigste Mysterium. Das vierundzwanzigste Mysterium ist das Mysterium, das am weitesten vom Kern des großen Geistes entfernt ist. Dieses Reich ist ein Reich des Unbewusstseins dessen, was existiert. Es symbolisiert die Dualität von dem, was alles geschaffen hat. Mein Volk glaubte nicht nur, dass es keine Zufälle gab, sondern man war mit dem, was existiert, so sehr eingebunden, dass man wusste, dass in allem eine Ursache lag. Wir kannten den großen Geist und kommunizierten mit ihm. Meine Position als König war eine dienende, es ging nicht darum, Macht und materiellen Reichtum für meine persönlichen Belange anzuhäufen. Durch unser Wissen, wie diese Welt zusammengesetzt ist, wusste ich, dass ich in meiner Position als Anführer eine Aufgabe zu erfüllen hatte. Ich war die Schnittstelle meines Volkes zum großen Geist. Das, was mein Volk wollte, wollte ich. Der heutige Mensch denkt, dass das, was jemand möchte, etwas anderes ist als das, was ein anderer möchte. Im Grunde ist es jedoch so, dass alle eines Stammes das Gleiche möchten. Auch die Spezies Mensch ist miteinander verbunden und das eigene Ich ist nur ein kleiner Teil dieses kollektiven Ichs. Das Ich ist in diesem Zusammenhang nicht die Seele, sondern das materielle kurzfristige Ich, das auf dieser Welt ist. Ich war mit meinem Volke verbunden und die Tempel, die wir bauten, waren keine Tempel für mich. Wir bauten pyramidenförmige Tempelanlagen und schrieben unsere Gebete an die Geister auf die Tempelanlagen. Die Tempel dienten dazu, die Geister zu beschwören und gemeinsam mit ihnen die Welt zu sehen und zu gestalten. Mein Vater war Anführer unseres Volkes gewesen und so blieb es an mir, dem ältesten Sohn, diese Tradition fortzuführen. Mein Dasein als König war eine Verpflichtung, die ich in Dankbarkeit und Demut ausübte. Ich hatte einen eigenen Hof mit diversen Dienern. Die Diener dienten dazu, das Dasein meines Körpers und Geistes so angenehm wie möglich zu gestalten. Nichts sollte hinderlich sein für mein Wohlbefinden. Am Morgen wurde täglich eine Audienz abgehalten, in der mir einige ausgesuchte Vertreter meines Volkes ihre Wünsche und ihre Belange mitteilten. Zu festgelegten Zeiten, oder in bestimmten Situationen, erfolgte der Gang zum Tempel. Im Tempel wurde die Zukunft bestimmt. Ich wurde begleitet von hohen Verwaltern unseres Volkes, vom Sternendeuter und von zwei hohen spirituellen Vermittlern. Diese beiden

Schamanen besaßen die Fähigkeit, die Kräfte der Geister wahrzunehmen. Sie waren die wichtige Schnittstelle zur Geisterwelt. Die Schamanen waren in meinem Volk sehr angesehen. Denn während ich nur die Funktion ausfüllte, den Willen meines Volkes umzusetzen, waren die Schamanen in der Lage, mit der Geisterwelt direkten Kontakt zu pflegen. Sie waren es, die Heil brachten und mit den Ahnen einen Kontakt herstellten. Früher, als mein Volk noch nicht so groß war, gab es keinen König oder Anführer. Jeder in der Gemeinschaft war eingebunden und wann immer Entscheidungen getroffen werden mussten oder es eine Meinungsverschiedenheit gab, wurde der Schamane um Rat gefragt. Man konnte nicht einfach so Schamane werden. Ein Schamane war nur jemand, der viele Jahre alleine im Dschungel gelebt hatte. Ein Schamane durfte jahrelang keinen Kontakt zum Rest der Gemeinschaft haben und musste sich zurückziehen und sein eigenes Sein erkunden. Nur wer sein eigenes Sein sieht, kann auch das Sein von jemand anderem sehen. Wir sagten, ein Schamane ist jemand, der bereits gestorben ist. Nur ein Schamane, der einen eigenen Tod erlebt hat und dennoch in dieser Welt weiter Zeit verbringt, ist ein guter Schamane, weil dieser die Geister kennengelernt hat. Er kennt den Unterschied zu den nach außen dringenden belanglosen Wünschen und Sorgen der Menschen und den wirklichen zugrunde-liegenden Blockaden und Sehnsüchten. Ein Schamane nimmt die Welt energetisch war. Er sieht, ohne denken zu müssen. Nicht nur die Schamanen begleiteten mich zum Tempel, sondern auch eine Reihe von Dienern. Auf dem Weg zum Tempel lief ich den Prozessionsweg. Auf diesem Weg war es meinem Volk gestattet, mir Heilswünsche zu-zurufen. Je mehr sie mir Heil wünschten, desto mehr Heil konnte ich später im Tempel erzeugen. Jeder kann manipulieren und beeinflussen, ein reines Heilen kann nur der, der selber heil ist. Das wusste mein Volk. Der Tempel befand sich oben auf der Pyramide. Ich ging viele Stufen hinauf, bevor ich den Tempel betrat. Links und rechts standen Säulen, auf denen heilige Götter und Symbole abgebildet waren. Sie erschufen eine Stimmung, die es erleichterte, mit der Welt der Geister und Ahnen in Kontakt zu treten. Die Säulen trugen ein Dach aus Stein. Die Säulen waren so eng gesetzt, dass es einem vorkam, als befände man sich in einem Raum. Vor mir war mein Thron, auf den ich mich setzte. Ich konnte durch die Säulen nach draußen blicken. Diese Zusammenkünfte fanden immer am Abend statt. Die letzten Sonnenstrahlen schienen zwischen die Säulen hindurch und wanderten am Boden und an der Decke entlang. Ein Schamane saß zu meiner Linken, und eine anderer zu meiner Rechten. Als Erstes trat der Verwalter vor und erzählte über die Lage unseres Volkes. In einer langen Liste trug er die Bestände unseres Volkes vor. Die Vorräte an Lebensmitteln, an wichtigen Arbeitsgeräten, die Anzahl der Amtsträger und wichtige Veränderungen in Ämtern und Beständen. Nach dem Verwalter trat der Vorsitzende unserer Streitkräfte vor und erzählte die Lage unserer Soldaten und über neue Vorkommnisse. Danach verabschiedeten sich der Verwalter und der Vorsitzende der Streitkräfte und ich befand mich mit den Schamanen und Dienern alleine auf der Spitze der Pyramide. Die Diener reinigten den Raum, indem sie spezielle Pflanzen verbrannten und den Rauch im Raum verteilten. Es wurde in Ruhe gewartet, bis die richtige Energie im Raum entstanden war. Die Schamanen bestimmten den richtigen Zeitpunkt und gaben mir mit dem Anzünden einer speziellen Rinde, die einen süßlichen Duft ausströmte, zu verstehen, dass die Zusammenkunft beginnt. Ich setzte mich dann von meinem Thron zu den beiden Schamanen. Ich machte mir bewusst, dass die Aufgabe eines Königs das Dienen ist, und nicht das Herrschen, denn wahres Herrschen ist dienen. Die Schamanen fingen an Lieder zu singen. Sie sangen Lieder, um die gewünschten Geister anzurufen und unheilvolle Geister fernzuhalten. Es waren heilige Gesänge. Die Schamanen bewegten sich in einer Welt, die mit dem Auge nicht sichtbar ist. Die Texte, die sie sangen, schienen für den Außenstehenden einfach zu erscheinen, um mit der anderen Welt in Kontakt zu treten, war es notwendig, eine Energie zu erschaffen, die auf Gefühlen basiert. Gefühle sind Energie und diese Energie dient als Mittler, um in Kontakt mit der anderen Welt zu treten. Die Schamanen versetzten sich in Trance, um dadurch ihre Gedanken auszuschalten. Die Gedanken sind hinderlich in der Kommunikation mit der anderen Welt und es galt, diese auszuschalten. Sie beschworen die Mächte des Diesseits und des Jenseits. Sie waren in der Lage, Kräfte zu erkennen, die den Wünschen im Wege stehen. Sie konnten mit ihrem Zugang zur energetischen Welt auch das Diesseits verändern. Sie wussten, dass es mehrere Welten gab, die miteinander verbunden sind, und der Mensch darauf ausgelegt ist, nur eine bestimmte Welt wahrzunehmen. Die Kräfte, mit denen die Schamanen in Verbindung traten, waren nicht in dieser Welt. Jeder von ihnen hatte eine ganze Armee an Wesen aus anderen Welten. Man kann sich mit diesen Kräften messen und wenn man sie besiegt, dann werden sie zum eigenen Gehilfen. Mit manchen Wesen schlossen sie Freundschaften. Es ist immer besser, ein Wesen aus der anderen Welt zu besiegen, als eine Freundschaft mit ihm zu schließen. Denn eine Freundschaft unterliegt einer Wechselwirkung und der Schamane ist in einem solchen Fall auch der Gehilfe des Wesens. Die Wesen oder Geister, die sie anriefen, erschienen während der Zeremonie. Die Schamanen sahen in dem Verhalten und den Symbolen, die sich ihnen darboten, Zeichen. Und diese Zeichen galt es zu deuten und daraus Handlungen abzuleiten. Ich kann mich an die Prophezeiung meiner Schamanen sehr gut erinnern. Sie sahen sehr frühzeitig den Untergang der Menschheit. Seit vielen Zeremonien erschienen den beiden Schamanen Symboliken über die Eroberung der Menschheit durch andere Wesen. Diese Eroberung fand bereits seit vielen Generationen statt und war in vollem Gang. Sie sprachen manchmal von einer Art Samen, der in die Menschheit implantiert worden ist. Dieser Samen erzeugt eine Entwicklung, die nicht der Menschheit dient, sondern diesen Wesen. Jeder Mensch hat die Möglichkeit, zwischen den Welten zu navigieren, und dieser Samen verhindert diese Möglichkeit. Der Samen stiehlt der Menschheit die Möglichkeit, sich mit anderen Welten zu verbinden, und übergibt diese Kraft diesen parasitären Wesen. Die Menschheit glaubt, der Fortschritt wäre gut für sie, in Wahrheit erfüllt er den Willen des Samens, der der Menschheit immer mehr von den eigentlichen, vorhandenen Möglichkeiten stiehlt. Diese Wesen präsentieren sich im Schafspelz und stehlen der Menschheit die Kenntnis von dem, was in Wahrheit existiert. Diese Entwicklung, liebe Helene, ist so weit vorangeschritten, dass sie für einen heute geborenen Menschen nicht leicht zu sehen ist. Ein Mensch, der vor 2000 Jahren geboren worden war, würde in unserer heutigen Welt erkennen, dass etwas nicht stimmt. Der heutige Mensch kann das nicht mehr erkennen, es sei denn, er macht außergewöhnliche Erfahrungen. Der Samen ist wie ein Implantat, er ist mehr eine Scheuklappe, die der Menschheit die Richtung vorgibt. Der Samen ist zu weit fortgeschritten, um hier noch eingreifen zu können. So bleibt nichts mehr übrig als die Erkenntnis, dass der heutige Mensch nicht mehr das volle Potential eines Menschen lebt und ist. Der heutige Mensch ist wie ein Vogel im Käfig. Er hat alles in seiner Reichweite, Futter, Spielzeug und einen Tierarzt, aber er hat seine wahren Möglichkeiten nicht kennengelernt. Diese Entwicklung hatte ihre Ursprünge bereits vor tausenden Jahren und meine Schamanen sahen diese Wesen. Es sind Wesen, die die Menschheit Dämonen nennen würde. Diese Dämonen haben keine Kenntnis vom höchsten Mysterium und damit keine Kenntnisse von Gott. Sie sind hier, um eine Welt zu schaffen, in der keine Kenntnis existiert. Denn es ist ihre Aufgabe, einen solchen Ort zu erschaffen, und die Menschen dienen ihnen hierzu. Das Bewusstsein der Menschen ist ihr Diebesgut. Ohne Zugang zum eigentlichen Bewusstsein bleibt dem Menschen nichts anderes übrig, als das zu tun, was er in der heutigen Zeit tut. Er klammert sich angstvoll an seinen eigenen Käfig, der sich Technologie nennt und um ihn herum gebaut wird. Meine Schamanen konnten nicht nur diese Wesen sehen, die ihre Arbeit an der Menschheit verrichteten, sie sahen auch den Untergang unseres Volkes. Sie sahen die Ankunft der Eroberer aus Europa, die auf ihren hohen Pferden bald eintreffen würden. Sie sahen auch, dass es nichts gibt, was wir als Volk tun können. Sooft wir unsere Geister um Rat baten, es ergab sich kein Ausweg. Der Untergang unseres Volkes war besiegelt, noch bevor die Eroberer eingetroffen waren. Wir sahen, dass das, was später als Fortschritt benannt wurde, der Samen war, der in den Eroberern bereits mehr

Unheil angerichtet hatte. Es ging den Eroberern nicht um eine Koexistenz, sondern um die Ausbreitung ihres Gedankengutes und Willens. Der Wille der Eroberer war die Vorgabe des Samens. So viele Jahre wir im Voraus unser Schicksal kannten, unser Schicksal war besiegelt. Die Zeit meines Volkes war vorbei und mir blieb nichts anderes übrig, als unser Volk auf die bevorstehenden Ereignisse vorzubereiten.«

Ich schaute Lennie an und fragte ihn: »Wenn ihr bereits vorher gewusst habt, dass die Eroberer bald kommen werden, dann hättet ihr doch etwas tun können.«

Er entgegnete mir: »Was hätten wir denn tun sollen?«

Ich erzählte ihm, dass er sein Volk auf einen Krieg hätte vorbereiten können und dass er mit anderen Völkern eine schlagkräftige Armee hätte zusammenstellen können, die die Eindringlinge in die Flucht geschlagen hätte. Und selbst wenn er wusste, dass dies nicht geholfen hätte, so hätte er doch den Ort verlassen können und woanders neu anfangen können.

Lennie hielt einen kurzen Moment still, bevor er mir erklärte: »Stell dir vor, dass die Welt ganz anders ist, als es dir beigebracht wurde. Stell dir vor, diese Welt funktioniert nach ganz anderen Vorgaben und Mustern, als es unser Verstand uns glauben machen möchte. Nur wenn du dir dies vorstellen kannst, dann kannst du dir auch dessen bewusst sein, dass es manchmal nicht hilft, Dinge zu tun, die uns unser Verstand vorgibt. Es ist nicht so, dass mein Volk alles willenlos preisgegeben hätte, es kam zu schweren Kämpfen. Dies musste sein, denn nicht jeder glaubt den Schamanen und ich als König und Diener meines Volkes habe nicht von meinem Volk verlangen können freiwillig alles aufzugeben. Jedoch war unser Untergang besiegelt und jeder Kampf führte zu größerem Leid. Es war die weiseste Entscheidung, den Untergang unseres Volkes hinzunehmen, denn dies war unsere unausweichliche Bestimmung.«

Ich schaute hinab in die grüne Ebene, die Sonnenstrahlen schienen durch die wenigen Wolken und befleckten das grüne atmende Meer aus purem Leben. Von hier oben erkenne ich die Vielfalt und empfinde darin etwas Wunderschönes.

Ich fragte Lennie: »Wenn man weiß, dass man unterlegen sein wird und großer Schaden entstehen wird, dann ist es weise, nicht zu kämpfen, das verstehe ich jetzt.«

Lennie blickte mich an und fügte hinzu: »Zu kämpfen bedeutet hier dem inneren Stolz zu trotzen und nicht körperlich zu kämpfen. Man kämpft nicht nur mit Waffen, sondern man kämpft gegen sich selber und gewinnt dann den Kampf, wenn das beste Wohlergehen erreicht ist. Es gilt, das beste Ergebnis zu erreichen, unabhängig davon, ob man am Ende der Sieger oder der Verlierer ist. Wir waren in diesem Fall der Sieger, obwohl wir verloren hatten. Wir hatten das Bestmögliche erreicht.«

Ich dachte darüber nach, dass ich tot bin und warum mich das nicht stört. Ich war gestorben und es war mir gleichgültig. Es ist nicht so, dass all die Dinge, die mir wichtig waren, jetzt als nicht wichtig erschienen. Nur irgendwie erkannte ich, dass ich mich darum nicht sorgen muss. Ich fühlte in mir, dass alles seine Richtigkeit hatte und dass Lennie mir etwas auf sehr sanfte Art und Weise zeigen würde. Ich fühlte mich sehr wohl bei ihm und spürte eine Sicherheit und Geborgenheit, die ich in dieser Form während meines Lebens nie kennengelernt hatte. Obwohl ich gerade gestorben war, wusste ich, dass mir nichts passieren wird. Dies erschien mir nicht paradox, denn das, was ich jetzt bin, fühlt sich näher an dem an, was ich tatsächlich bin. Mein ganzes Leben lang hatte ich Ängste. Ich hatte Ängste zu versagen, es anderen Menschen nicht recht zu machen, kein Geld zu haben, körperliche Krankheiten zu bekommen, keinen richtigen Partner zu finden, ausgestoßen zu sein, nicht geliebt zu werden, nicht so sein zu können, wie ich bin. Es gibt drei Arten von Ängsten, die mich in weiten Teilen meines Lebens am meisten beschäftigt hatten. Die erste war die Existenzangst. Ich hatte Angst, an einer Krankheit zu sterben oder frühzeitig zu sterben. Ich identifizierte mich mit meinem Job und meiner Nationalität und dies führte zu Ängsten, denn wenn meine Nation bedroht wurde, fühlte ich mich bedroht. Wenn ich in meinem Job Schwierigkeiten aufkommen sah, dann fühlte ich mich in meiner Existenz bedroht. Ich erkenne jetzt, dass diese Angst unbegründet war, denn das Leben ist nur eine kurzfristige Erfahrung. Die zweite Angst war die Verlustangst. Ich hatte Angst, Familienangehörige oder Freunde zu verlieren. Wenn man nicht weiß, was man ist, dann weiß man auch nicht, was andere sind, und hat Angst vor Verlust. Dieser Verlust ist eine Illusion, denn ich erkenne jetzt, dass alles da ist, was man braucht. Die dritte Angst war die Angst vor dem Versagen. Ich hatte Angst, in der Schule, vor meinen Eltern oder auf der Arbeit zu versagen. Ich befürchtete, dass ich als Mutter nicht gut genug sein werde. Auch spürte ich immer den Druck, in meiner Arbeit die Dinge, die ich tat, nicht gut genug zu tun. Ich erkenne jetzt, dass es nie meine Bestimmung war, etwas so zu tun, wie es andere von mir erwarteten. Es genügte bereits, dass ich da war und meine Erfahrung lebte.

Die Existenz oder der Verlust oder das Versagen existiert nur, weil man vergessen hat, warum man hier ist und was das Leben ist. Ich bin mir darüber noch nicht ganz im Klaren, aber ich weiß, dass Lennie mir alles zeigen wird. Er wird mir zeigen, was alles ist und warum alles existiert. Ich empfinde große Freude darüber, dass er an meiner Seite ist und mir alles auf seine Art zeigt. Ich sehe die Vielfalt vor meinen Augen und spüre eine Leichtigkeit in meinem Körper. Ich ahne, dass in dieser Welt alles gleich relevant ist. Es ist eine Welt, in der es viele Farben gibt. Die Farbe Gelb ist genauso wichtig wie die Farbe Blau. Der Vogel im Baum ist genauso wichtig wie ein herausragender Mensch. Ein Stein ist genauso wichtig wie ein Planet. Es ist alles ein großes in sich abgeschlossenes Feld. In diesem Feld existiert ein konstanter Fluss von allem.

»Warum existiert überhaupt Leid in dieser Welt?«, fragte ich Lennie.

Er atmete tief und es dauerte eine Weile, bis er antwortete: »Diese Welt wurde geschaffen, um etwas zu erfahren, was es zu erfahren gilt, um abschließend alles zu erfahren. Ich werde dir die Erbauer dieser Welt vorstellen und du wirst dann keine Fragen mehr haben, weil du alles selber verstehen wirst. Es in Worten zu beschrieben führt zu Missverständnissen.«

Ich wollte es jetzt schon wissen und entgegnete ihm: »Versuche es mir in Worten zu erklären, was man in dieser Welt erfahren soll!«

Er stand auf und ging zu einem Felsen hinüber. Er antwortete: »Stell dir vor, du wüsstest alles über diesen Felsen. Ich meine wirklich alles. Du würdest diesen Felsen in allen Vorkommnissen verstehen. Du würdest seine Vergangenheit, seine Gegenwart und seine Zukunft verstehen und dir wären alle Zustände bekannt, welche die einzelnen Komponenten dieses Felsens jemals gehabt hätten. Was wäre dir in einem solchen Fall nicht bekannt?«

Ich verstand seine Erläuterung nicht ganz und fragte: »Wenn mir alles bekannt wäre, dann würde ich alles wissen und es gäbe nichts, was mir nicht bekannt wäre. In diesem Falle gäbe es doch nichts, was mir nicht bekannt wäre.«

Er schaute mich an und ging wieder zu mir und setzte sich neben mich. »Schau in die Ebene hinab. Was siehst du dort?«

Ich entgegnete ihm: »Ich sehe einen großen Wald, er ist lebendig und es leben viele Tiere in diesem Wald. Man hört Affen und Vögel und die Abendsonne scheint und färbt den Wald in ein orangenes Licht.«

»Was ist dir über diesen Wald bekannt?«

Ich überlegte kurz und sagte: »Nun, ich sehe ihn nur von hier oben und kann erahnen, was dort unten ist. Es ist ein Zusammenspiel von vielerlei Pflanzen und Tieren in einer Symbiose. Es gibt dort Bäume, Kletterpflanzen, Insekten und große Tiere.«

Er führte weiter aus: »Du kannst erahnen, was in diesem Wald ist, nur du hast kein vollkommenes Wissen über diesen Wald. Du kannst dich fokussieren auf einen Baum oder ein spezielles Tier und selbst dann ergeben sich nur noch mehr Fragen über diesen Baum oder dieses Tier. Je näher du an eine Sache gehst, desto mehr Fragen tun sich auf. Aus deiner Perspektive ist es nicht möglich, diesen Wald oder das, was sich darin befindet, ganzheitlich zu verstehen. Diese Perspektive, etwas nicht ganzheitlich zu verstehen, stellt ein Wissen an sich dar.«

Er lehnte sich zurück und schien auf eine Antwort von mir zu warten. Ich überlegte, was er mir damit sagen wollte, und mir kam der Gedanke in den Sinn, dass auch ein

Erleben von Nichtwissen ein Wissen darstellt. Mir schien das abstrus und ich fragte ihn: »Kann es sein, dass das Erleben vom Unbekannten auch eine Bedeutung hat?«

»So ist es. Das Erleben vom Nichtwissen stellt an sich eine Relevanz dar. Wie kannst du nur annehmen, alles zu wissen, wenn du nicht weißt, wie es ist, nicht zu wissen? Nicht zu wissen gehört genauso zum Wissen wie etwas zu wissen. Es muss ein Raum geschaffen werden, in dem man das Nichtwissen erfahren kann und in dem dieses Nichtwissen erlebt werden kann. In dieser Welt, in der keine Erkenntnis erlebt werden kann, entsteht das Wissen um die Unkenntnis.«

Ich dachte über den Wert der Unkenntnis nach und ob das Erfahren der Unkenntnis einen Wert an sich hat. Wenn jemand nicht weiß, was alles ist und woher alles kommt, dann weiß man auch nicht, was gut und böse ist. Wie kann man wissen, was gut ist, wenn man keine Erkenntnis hat. Ohne Erkenntnis werden Dinge getan, die böse sind, im Glauben, man würde etwas Gutes tun. Kann das der Grund für die Verwirrtheit sein, die unter den Menschen herrscht? Kein Mensch scheint den Sinn im Leben zu sehen. Wenn man den Sinn nicht erkennt, dann kann man auch nicht in dessen Sinne handeln.

Ich fragte Lennie: »Liegt der Grund für das Leiden der Menschheit in der Unkenntnis über das, was wirklich existiert?«

»In der Unkenntnis über das, was man ist, und das, was existiert, liegt der Grund für alles Leid.«

Lennie erklärte mir, dass man zu Lebzeiten nicht abschließend erfahren kann, was man ist. Man kann sich diesem Wissen nur annähern. Die Tiere und die Pflanzen wissen mehr über das, was sie sind, als die Menschen. Die

Menschen haben sich weit von ihrem natürlichen Weg entfernt. Das Ergebnis sieht man in allen menschlichen Gesellschaften. Die Menschen folgen nicht ihrem natürlichen Weg und ihrer Gabe. Jeder einzelne Mensch hat eine Gabe und kann in irgendeiner Disziplin etwas Wunderschönes vollbringen. Wenn ein Mensch sich entscheidet nach seiner Gabe zu leben, dann ist er mit sich im Reinen. In einem solchen Fall lebt er den Weg, der für ihn bestimmt ist. Es ist der Weg der Seele. Unter solchen Bedingungen breitet sich die Seele in einem solchen Menschen aus, und es kann eine hohe Form des Glückes empfunden werden. Die Gesellschaften, die der Mensch erschaffen hat, unterbinden solche Lebensformen. Bereits in der Kindheit werden die Menschen konditioniert nicht nach ihrem Willen und nach ihrer Bestimmung zu leben, sondern so zu sein und zu leben, wie es die Eltern und die Gesellschaft vorgeben. Wenn eine Mutter zu ihrem Kind sagt, es solle sich nach einem bestimmten Muster verhalten und es solle etwas tun, was nur zu dessen Bestem ist, dann ist das die erste Vergewaltigung des Geistes des Kindes. Das Kind will Erfahrungen machen und lernen und es muss diesem Drang nachgeben. Wenn man diesem Drang nicht nachgeben kann, dann ist man konditioniert. Das Kind wird fortan nicht mehr Dinge tun, die es tun möchte, sondern es wird etwas tun, was andere von ihm wollen. Das Kind erlebt eine Belohnung, wenn es sich so verhält, wie die Außenwelt es vom Kind erwartet. In einer kranken Welt wird das Kind belohnt sich krank zu verhalten. Hier beginnt eine Korruption, die im Leben dieses Menschen nicht mehr aufhört. Das Kind wird korrupt und wird nicht nach seinen eigenen Wertmaßstäben leben. Es wird etwas lernen, was es nicht lernen möchte. Es wird nicht nach seiner Gabe leben, sondern es wird etwas tun, das von der Gesellschaft konditioniert wurde. Um seiner Gabe zu folgen, ist es wichtig, die Gabe zu finden und auszuleben. Wenn jemand etwas tut, was er nicht tun möchte, weil man belohnt wird, dann verhält sich dieser Mensch korrupt. Dabei ist die Korruption keine Ursache, sondern ein Symptom. Korruption ist nicht nur, wenn ein Mensch mit Geld bestochen wird. Soldaten ziehen nicht in den Krieg, weil sie in den Krieg ziehen wollen, sondern weil sie zur Korruptheit erzogen wurden. Sie lassen sich kaufen von einem Glaubenssystem. Dieses Glaubenssystem lässt sie glauben, dass ihr Glaube besser ist. Sie tun etwas nicht aus ihrem Herzen heraus, sondern weil sie Teil einer Gesellschaft geworden sind. Man kann sich nur einer Gesellschaft unterwerfen, wenn man erzogen wurde, die Dinge zu tun, die man nicht tun möchte, aber sie trotzdem tut, weil man belohnt wird, sie zu tun. Es hat sich ein Gedankenmuster etabliert, das dem Menschen suggeriert, wann immer er etwas tut und dafür belohnt wird, dann ist dieses Handeln gleichzeitig ein gutes Handeln. Ein Kriegsherr, der Krieg führt, sieht in dem, was er tut, nichts Negatives und wird für sein Handeln belohnt. Für alles Handeln kann der Verstand Argumente erschaffen, die etwas befürworten. So kann die Abholzung des Regenwaldes die Steuereinnahmen erhöhen und Schulen finanzieren. Der Verstand legt sich die Argumente zurecht, welche dann das korrupte Handeln überdecken.

Ich fragte Lennie: »Wenn man zu Lebzeiten nicht erfahren kann, was man ist, dann bedeutet es auch, dass man nur, wenn man stirbt, erfahren kann, was man ist«.

»Es ist nicht zwangsweise so, dass, wenn man stirbt, man erfährt, was man ist, denn es existieren viele Orte im Jenseits. Du wirst diese Orte kennenlernen und du wirst auch erfahren, was du bist.«

Ich dachte eine Weile darüber nach, wie wenig ich zu Lebzeiten darüber nachgedacht hatte, was ich eigentlich bin. Ich wurde in einer westlich geprägten Gesellschaft aufgezogen, die mir vieles beibringen konnte, aber die mir nichts über mich und das, was wirklich existiert, beibrachte. Das, was mir beigebracht wurde, schien mir plötzlich so fremdartig. Mir wurde beigebracht, was Atome sind und dass die Planeten unseres Sonnensystems sich um die Sonne drehen und unser Sonnensystem Teil der Milchstraße ist. Ich kannte die Vorteile von einem Schnellrestaurant, wenn ich abends Hunger hatte. Ich kannte den neusten Modetrend und freute mich, mir die Kleidung in den angesagten Farben und Mustern zu kaufen. Ich kannte die Menschen aus meiner Lieblingsfernsehsendung und wusste über deren Sorgen und Nöte Bescheid. Ich wusste, dass eine meiner besten Freundinnen Depressionen hatte. Ich beobachtete die Angebote aus dem Supermarkt und freute mich, wenn ich ein Schnäppchen ergattern konnte. Es erfreute mich sehr, wenn meine Freundinnen an mich dachten und mir Aufmerksamkeit schenkten. Ich meldete meinen Sohn in der Schule an und kümmerte mich um seine Geburtstagsfeiern. Ich war in meinem ganzen Leben mit sehr vielen Dingen beschäftigt, die man wohl Alltag nennt. All diese Dinge erschienen mir nun so weit weg. Bei näherer Überlegung sind es auch nur ganz wenige Augenblicke, die mir bedeutsam und schön erschienen. Und diese Augenblicke sind keine Ereignisse, die man als große Ereignisse bezeichnen konnte. Ich erinnerte mich an meinen Großvater. Er war gutmütig und fürsorglich. Ich fühlte, dass er mich liebte. Ich erinnerte mich an meine Großmutter. Sie sagte nie ja und nie nein, sondern immer »na«. Dabei zeigte sie immer ein liebevolles Lächeln. Ich erinnerte mich an den

Finderlohn, den ich erhielt und den ich mit einem Nachbarsjungen in der Eisdiele unseres Ortes komplett ausgab. Ich erinnerte mich an den Staudamm, den wir als Kinder gebaut hatten. Alle Ereignisse, die mir schön erschienen, waren keine Ereignisse, die erzählenswert waren. Denn sie boten einem Außenstehenden keine nennenswerte Geschichte. Sie waren vielmehr für mich selber wichtige Ereignisse gewesen. In diesen Ereignissen waren Gefühle vorhanden, die eine Schönheit beinhalteten. Es waren diese Gefühle, welche diese Ereignisse für mich zu etwas Besonderem machten.

»Warum erzählst du mir es nicht einfach, was ich bin?«, fragte ich Lennie.

»Man kann es nicht erzählen. Wir befinden uns noch im Diesseits. Die Sprache und der Verstand sind ein Konstrukt des Diesseits. In den Mysterien, die ich dir zeigen werde, existiert weder Sprache noch Verstand. Von dort aus wirst du mit Sprache nichts anfangen können.«

Ich stellte mir vor, wie es ohne Sprache wäre, und fragte mich, wie ein Gespräch ohne Sprache stattfinden würde.

»Wenn Sprache nicht existiert, dann kann man sich nicht jemandem anderen mitteilen«, sagte ich.

Lennie schaute mich an, und plötzlich fühlte ich mich umgeben von etwas Sanftem und Angenehmem. Ich fühlte, dass mir jetzt ein Windhauch gefallen würde und dass dieser Windhauch von der Seite auf mich treffen sollte.

»Das Gefühl, das du gerade hattest, war in dir, obwohl keine Sprache notwendig war. Sprache ist eine sehr langsame und ungenaue Art der Kommunikation. Die Informationen, die mit Sprache übertragen werden, geben niemals die Realität wieder, die erlebt wird. Um etwas zu erfahren, muss es selbst erlebt werden. Die meisten Menschen sind stolz auf die Entwicklung der Sprache und glauben, dass sie dies zu einer höheren Lebensform macht. Dieser Glaube ist Teil der Unkenntnis. «

DIE GRILLE UND DAS DENKEN

Ich stand auf und betrachtete das hochgewachsene Gras, das sich um mich herum befand. Es war kein Wind zu spüren und die Halme bewegten sich nicht. Sie standen gerade nach oben aufgerichtet, als wäre alles um mich herum ein Standbild und als gäbe es keine Bewegung. Es waren kaum Geräusche vorhanden und wenn etwas ein Geräusch verursachte, dann war dieses Geräusch sehr klar und intensiv wahrnehmbar. Die wenigen präzisen Geräusche, die sich aus der Stille hervortaten, hatten etwas Surreales an sich, denn ich nahm sie nicht nur als Geräusch wahr, sondern ich fühlte diese Geräusche. Sie veränderten mein Empfinden mit jedem Laut, den ich empfing. Eine Grille, die sich ganz in der Nähe befinden musste, zirpte in regelmäßigen Abständen. Jedes Zirpen wanderte durch meinen Körper, wie als wollte mich ein leichter elektrischer Impuls kitzeln. Obwohl ich die Grille nicht sah, nahm ich sie auf eine sonderbare Art wahr. Jedes Zirpen wanderte durch meinen Körper und dabei verschwand alles andere um mich herum, so als ob sich die Grille mit dem Zirpen meine volle Aufmerksamkeit holen wollte. In dem Augenblick des Zirpens, in dem die Grille meine gesamte Aufmerksamkeit beanspruchte, spürte ich die Laute in jedem einzelnen Teil meines Körpers. Es war so, als ob ein elektrisches Signal durch mich hindurchging und dabei nicht eine Körperzelle außen vor lassen würde. Immer wenn die Grille kurz mit dem Zirpen aufhörte, erwartete ich bereits das nächste Zirpen und freute mich darauf. Außer diesem Zirpen interessierte mich nichts anderes, denn ich empfand das Zirpen für absolut ausreichend. Im Augenblick bedurfte es nichts anderes, als der Grille zu folgen. Mir kam es in den Sinn, die Grille im Gras zu suchen und mich ihr vorzustellen. Dabei bemerkte ich, dass die Laute der Grille auch eine Veränderung meines Sehens bewirkten. Es war nicht ein Sehen mit den Augen, sondern das Sehen mit dem Geist. Wie ein Traumbild, das sich langsam in meine Wahrnehmung schlich und mit jedem Zirpen stärker in mein Bewusstsein vordrang, blitzten farbige Streifen mit jedem Geräusch, welches die Grille verursachte, auf. Diese Streifen bewegten sich im Rhythmus des Zirpens und hatten gleichzeitig eine eigene Choreografie in ihren Bewegungen. Impulsartig tauchten diese Streifen mit jedem Zirpen auf und intensivierten ihr Farbspiel. Die Streifen begannen sich zu dehnen und zu biegen und fingen an geometrische Muster zu erzeugen, die im Einklang mit dem Gefühl waren, das mein Körper mit jedem Zirpen empfand. Die Gefühle und das aufeinander abgestimmte geometrische Farbspiel waren untrennbar miteinander verbunden. Die Streifen waren meine Gefühle und meine Gefühle waren in der Geometrie sichtbar. Ich verstand auf einmal, dass jedes Gefühl auch eine Struktur hat, die wahrnehmbar ist, und dass jedes Geräusch eine Struktur hat und beide Strukturen im Grunde ein und dasselbe sind. Ein Geräusch und ein Gefühl sind beides Abkömmlinge, die aus der gleichen Quelle stammen. Zu den Gefühlen und den Geräuschen kam mein Sehen. Ich sah diese Muster und sah daher meine eigenen Gefühle und Geräusche als Muster. Mein Sehen war im Grunde ein

Sehen mit geschlossenen Augen, denn alles, was ich optisch wahrnahm, waren die Musterstreifen, die gleichzeitig alle anderen Sinne und Empfindungen in sich vereinten. Meine Augen waren die ganze Zeit geöffnet und das Einzige, was ich sah, waren diese Streifen. Ich bemerkte auf einmal, dass ich mich hingelegt haben muss, denn ich spürte einen festen Grund auf meinem Rücken und das umliegende Gras stichelte auf meiner Haut. Ich legte meinem Kopf zur Seite und sah die Grille. Ihre langen antennenartigen Fühler ragten oben aus ihrem Kopf heraus. Ihr Körper war mit Ausnahme der Fühler und der Augen mit einem satten leuchtenden Hellgrün versehen. In diesem Hellgrün erkannte ich eine Marmorierung mit anderen Grüntönen. Sie hielt sich gekonnt mit ihren Beinen auf einem dünnen Zweig fest. Ihre mächtigen Hinterbeine ragten über ihren Körper hinaus und befähigten sie zu einer jederzeitigen Sprungbereitschaft. Ihre zwei länglichen gelbbraunen Augen waren in der Mitte betupft mit einem schwarzen Punkt. Diese kleinen schwarzen Pupillen schauten mich an und ich fühlte mich sehr wohl in der Anwesenheit dieser Grille. Ich fing an diese Grille zu verstehen und mir wurde klar, dass ich und sie auf eine übergeordnete Art und Weise das gleiche Schicksal haben. Trotz der Erkenntnis, dass die Grille und ich miteinander verbunden sind, war mir trotzdem klar, dass ein Unterschied zwischen uns existiert. Die geometrischen Muster, die ihre Geräusche in mir erzeugten, waren meine Muster, so als ob ich ein Resonanzkörper ihrer Laute bin und somit ein unverzichtbarer Teil ihres Seins. Gleichzeitig waren es die Muster der Grille, denn ohne ihr Zirpen würde ich nicht in dieser Form in Resonanz mit ihr gehen. Es kam die Frage in mir auf, wie etwas existieren konnte ohne die Existenz von etwas anderem. Im selben

Moment wunderte ich mich über diese Frage, die mir eben noch so erleuchtend und wichtig vorkam und plötzlich keinerlei Sinn mehr für mich ergab. Etwas, das existiert, wie die Grille, kann nur existieren, wenn etwas anderes auch existiert, denn wenn ich nicht existieren würde, wie könnte die Grille dann diese Musterstreifen in mir erzeugen, die nicht nur in mir waren, sondern die verbunden waren in einem Meer aus sich formenden Strähnen und Linien, die mit der gesamten Welt verbunden sind. Diese Muster, die im Kern alles miteinander vereinen und eine Synchronität zwischen den Dingen herstellen, sind der Klebstoff von allem, was existiert. Ohne diese Muster würde sich alles auf- lösen und in ein Nichts zerfallen. Es ist nicht der Körper der Grille, der dafür sorgt, dass die Grille existiert oder was die Grille macht, sondern es ist eine Kraft, deren Ausläufer als diese Muster gesehen werden können. Die Grille selber wurde zusammengehalten von derselben Kraft, die mich zusammenhielt. Diese Kraft wiederum war eine universelle Kraft, die nicht mir gehörte, aber mir dennoch sehr vertraut war. Es war so, als ob diese Kraft meine Kraft ist, aber auch gleichzeitig die Kraft von allem anderen. Aus diesem Grunde bestand eine Kommunikation mit der Grille auf einer Ebene, die mir vorher unbekannt war. Die Grille und ich waren über diese universelle Kraft vereint und auf der physischen Ebene getrennt. Obgleich mir bewusst war, dass ich physisch gar nicht mehr existierte, wie ich im vierund- zwanzigsten Mysterium existiert hatte, konnte ich aus dem Blickwinkel des dreiundzwanzigsten Mysteriums die phy- sikalische Wahrnehmung des vierundzwanzigsten Myste- riums noch spüren. Und da das dreiundzwanzigste Myste- rium eine Art Übergangszone ist, konnte ich von hier aus sowohl das Physische als auch das Nichtphysische erkennen.

In mir kam eine Verwunderung auf über die Erkenntnis, dass alles zusammenhängt und scheinbar doch nicht zusammenhängt. Auf physikalischer Ebene wirkt alles zusammenhangslos, so als ob ein Objekt mit dem anderen in keinerlei Verbindung steht. Auf nichtphysikalischer Ebene sieht man, dass alles miteinander vernetzt ist. Diese Vernetztheit erscheint mir so klar und offensichtlich und ich wunderte mich, wie ich jemals in meinem Leben daran habe zweifeln können. Im selben Moment betrachtete ich wieder die Grille und sah, dass ich mit der Grille verbunden war, aber dennoch ein Unterschied zwischen mir und der Grille von nicht unbeachtlichen Ausmaßen bestand. Die Grille, die sich vor mir befand, war ein Teil von etwas Ganzem, von dem ich auch ein Teil bin. Es ist, wie wenn man in den Spiegel schaut. Im Spiegelbild sieht man sich, aber man ist nicht das Spiegelbild. Das Spiegelbild hat je nach Beschaffenheit des Spiegels Eigenarten. Manche Spiegel geben das Spiegelbild verzerrt wieder. Es gibt Spiegel, die zeigen einen in die Länge gezogen oder klein und dick. Ich fühlte, dass diese Welt ohne die Verzerrung eine komplett andere Welt wäre. Physikalische Grundgesetze existieren nur, weil alles sich wie in einem Spiegel verzerrt. Diese Verzerrung ist das vierundzwanzigste Mysterium. Ich lag noch immer auf meinem Rücken im Gras und überlegte, ob Lennie immer noch auf dem Baumstamm saß. Ein Umdrehen, um nachzuschauen, ob dies der Fall sei, kam für mich nicht in Frage, denn mir ging es in meiner momentanen Position sehr gut. Es ist durchaus so, dass es Momente gibt, in denen man eine absolute Zufriedenheit erfährt. Diese Momente äußern sich nicht nur als glückliches Gefühl, sondern als tiefe Zufriedenheit, so als ob es nichts gäbe, was man tun könnte, um etwas zu verbessern oder an etwas zu gelangen. Mir wurde bewusst, dass dieser Zustand nicht lange anhalten würde, und so strengte ich mich an diesen Moment noch für eine Weile zu genießen. In diesem Zustand hatte mein Körper keine Relevanz. Er lag einfach im Gras wie ein Sack, der mit irgendetwas gefüllt war. Was übrig war, war ich. Nur, was war das? Ich dachte darüber nach, was ich denn jetzt nun bin, und je länger ich darüber nachdachte, desto unnützer schien mir die Frage. Es war nicht das Nachdenken darüber, »was ich bin«, das mich störte, sondern die Frage an sich. Denn wenn man sich die Frage stellt, was man ist, dann hat dies zur Folge, dass man nicht weiß, was man ist. Der Gedanke, dass man nicht weiß, was man ist, erschien mir vollkommen absurd und nur jemand, der im Denken gefangen ist, kann ein Leidtragender davon sein, nicht zu wissen, was man ist. Das Denken an sich erschien mir ziemlich unnütz, obwohl mir bewusst war, dass ich gerade selber dachte. Es gibt sehr wichtige Dinge, die man tun kann, beispielsweise kann man etwas tun oder man tut nichts, beides ist sehr wichtig, darüber hinaus kann man träumen, was ebenfalls sehr wichtig ist. Im Gegensatz dazu kann man denken, nur das führt zu nichts. Das Denken ist dazu da, das direkte Erfahren von etwas zu mindern, und existiert in seiner ausgeprägten Form ausschließlich im vierundzwanzigsten Mysterium. Es ist die Verzerrung dieses Mysteriums, das ein verzerrtes Erkunden mittels des Denkens geschaffen hat. So wie das Ei nur existiert, weil eine Henne existiert, existiert das Denken nur, weil eine Verzerrung existiert. In allen höheren Mysterien ist das Denken zwecklos, denn hier verhält sich alles grundlegend anders. Ich bemerkte, dass die Gedanken, welche in mir aufkamen, nicht wirklich Gedanken in gewohntem Sinne waren. In meiner Erinnerung waren das Denken und die Gedanken ein sehr linearer Prozess.

Ein Gedanken baute auf dem anderen auf. Wenn man über Regen nachdenkt, dann denkt man gegebenenfalls darüber nach, wo es jetzt regnen könnte oder warum es überhaupt regnet. Man denkt über Wasser nach und über das Verdunsten und die Bildung von Wolken, man denkt über Erlebnisse nach, an denen es geregnet hat, und ob man eventuell das Regenwasser nutzen könnte, um seinen Garten zu bewässern. Denken wird als Vorstufe des Handelns gesehen, welches ohnehin stattfindet. Durch mein Denken habe ich immer verzweifelt versucht, etwas besser zu machen. Ich dachte mir, dass das Denken deshalb zur Verzweiflung führt, weil ich durch das Denken nicht mehr das mache, was ich machen würde, wenn ich meine Symbiose mit allem, was existiert, aufs Äußerste ausleben würde. Mir kamen die Gedanken wie Hürden vor. Es war so, als ob das Denken mich abhält in etwas viel Grandioseres einzutauchen. Plötzlich ärgerte ich mich darüber, dass ich in meinem Leben über so viele Sachen nachgedacht hatte. Diese vergangenen Gedanken ergaben keinen Sinn und haben mich abgehalten einfach etwas zu sein. Im Gegensatz zu Erinnerungen, die Gefühle in mir auslösen können, kamen mir die vergangenen Gedanken vor wie eine zähe Masse, die nur darauf wartet, wieder reanimiert zu werden, um erneuert in Erscheinung zu treten. Diese fortwährenden Gedanken, die ich mir damals machte, erscheinen mir aus heutiger Sicht belanglos. Mir kam es so vor, dass ich gerade dachte, aber es war nicht ein Denken, wie ich damals gedacht hatte. Denn diese Gedanken, die ich hier habe, waren keine linearen Gedanken wie damals, sie tauchten einfach so auf und gingen wieder, ohne dass ich ihnen eine Bedeutung beimessen würde. Ich erkannte, dass die Gedanken, die ich mir vor kurzem gemacht hatte, keinerlei

Dringlichkeit mehr hatten und im Grunde vollkommen uninteressant waren. Bemerkenswerterweise faszinierte mich die mangelnde Anwendungsmöglichkeit der Gedanken. Es ergab hier keinen Sinn, mit Gedanken etwas anstellen zu wollen. Während das Denken im vierundzwanzigsten Mysterium noch dazu führt, dass man irgendetwas macht, was man unter normalen Bedingungen niemals machen würde, so empfand ich hier keinerlei Möglichkeit, meinen Gedanken eine Wichtigkeit beizumessen. Die Dinge existieren hier einfach und es ist ohnehin klar, was zu tun ist. Selbst wenn nicht klar ist, was zu tun ist, dann wird man irgendetwas tun. Nur, was ist das, was man dann tut? Woher kommt dieses Tun, wenn nicht von Gedanken? Wie steuere ich mich hier selber oder besser was steuert mich?

SOPHIA UND DER ARCHONT

Die Gedanken, die ich mir machte, fingen an mich zu stören und ich entschloss mich, mir keine Gedanken mehr um das Denken zu machen. Es ist einfach so, dass man seine Aufmerksamkeit den Dingen widmen sollte, zu denen man sich hingezogen fühlt. Dies traf im vierundzwanzigsten Mysterium zu und auch in diesem dreiundzwanzigsten Mysterium. Warum sollte man denn überhaupt etwas machen, was man nicht machen möchte? Andere Menschen erwarten, dass man irgendetwas macht, und dann macht man dies, obwohl man es nicht möchte. Ich habe noch sehr gut solche Erlebnisse in Erinnerung, an denen ich irgendetwas gemacht hatte, was ich nicht machen wollte. Mir wurde bewusst, dass ich selbst auch andere dazu genötigt hatte, irgendetwas zu tun. Wie konnte mir nur dieser schwerwiegende Fehler unterlaufen? Während ich gerade hier meine Ruhe hatte, hatte ich im vierundzwanzigsten Mysterium jederzeit einen Druck wahrgenommen. Dieser Druck war ein Druck, der von anderen Menschen ausgesendet wurde. Die Erwartungshaltung von anderen Menschen kann man spüren. Sie kann als Terror empfunden werden oder als etwas Wunderschönes. Der Druck, eine gute Mutter sein zu müssen, kann unermesslich auf jemandem lasten, gleichzeitig kann die Erwartung, anderen etwas Gutes zu tun, eine Schönheit beinhalten. Andere

Menschen haben Erwartungen, weil sie auf irgendeine Weise verbunden sind mit jemand anderem. Die Menschen sehen sich als unabhängige Wesen und erkennen nicht, dass sie im Grunde nicht unabhängig sind. Man ist selbstverständlich niemals unabhängig. Selbst an diesem Ort ist man nicht unabhängig und ich fühle, dass man auch in den kommenden Mysterien nicht unabhängig sein wird, nur ist die Abhängigkeit in diesem Mysterium eine andere als die Abhängigkeit im vierundzwanzigsten Mysterium. Das Wort Abhängigkeit erschien mir nicht präzise genug, vielleicht ist es eher ein Verknüpftsein. Man ist zu jeder Zeit verknüpft mit etwas anderem. Durch dieses Verknüpftsein kann ein Mensch Einfluss auf jemand anderen nehmen. Ohne die Existenz einer Abhängigkeit und einer Verknüpfung wäre es unmöglich, in irgendeiner Form, erreichbar für einen anderen Menschen zu sein. Man wäre in diesem Fall wie unsichtbar. Ich dachte darüber nach, wie es wäre, unsichtbar zu sein, und mir fiel auf, dass, selbst wenn man unsichtbar wäre, man andere Dinge beeinflussen könnte, und auch hier gäbe es eine Verknüpfung. Selbst wenn man unsichtbar wäre, wäre man noch verbunden mit etwas anderem. Diese Verbundenheit zu etwas anderem scheint fundamental zu sein. Ich überlegte mir, warum denn ein Raum geschaffen wurde, in dem alles verbunden und verknüpft ist. Mir fiel die Erklärung von Lennie ein, dass das vierundzwanzigste Mysterium geschaffen wurde, um die Unkenntnis zu erfahren. Meine jetzige Schlussfolgerung, dass es eine unmittelbare Grundvoraussetzung ist, dass alles miteinander verknüpft sei, erschien mir für einen kurzen Moment widersprüchlich. Jedoch wurde mir klar, dass man die Verbundenheit im vierundzwanzigsten Mysterium nicht wahrnehmen soll. Denn wenn das Ziel des vierundzwanzigsten Mysteriums die Unkenntnis ist, dann muss die Illusion einer Welt geschaffen werden, in der alles getrennt ist und in der die Dinge, die dort existieren, separiert voneinander sind. Um diese Separierung zu ermöglichen, müssen alle Existenzen dieser Welt mit einer Wahrnehmung ausgestattet sein, die dazu führt, dass diese sich als Körper empfinden. Den Körper nimmt man jeweils für sich allein stehend wahr. Ohne die Wahrnehmung von Körpern gäbe es kein vierundzwanzigstes Mysterium. Mit der Einführung des Denkens wurde die Illusion verstärkt, separiert zu sein. Dies ist das Schicksal der Menschheit. In diesem Sinne ist der Mensch die Krone der Schöpfung, weil er den Zweck des vierundzwanzigsten Mysteriums am ehesten erfüllt. Er ist in einem Körper gefangen, der die Illusion erzeugt, von allem getrennt zu sein, und ist auch noch befähigt darüber nachzudenken, dass er getrennt von allem ist. Durch sein Denken erschafft er dann Messinstrumente, die ihm bestätigen, dass alles getrennt voneinander ist. Er misst mit diesen Instrumenten, die durch das Denken geschaffen wurden, die Illusion, dass alles getrennt voneinander ist, und kategorisiert die Ergebnisse. In diesem Sinne ist er ein Meister darin, die Illusion wahrzunehmen und zu erfahren. Pflanzen hingegen denken nicht. Pflanzen sind nicht dafür gedacht, die Unkenntnis in dem Maße wahrzunehmen, wie es die Menschen tun. In jeder Pflanze existiert dieselbe Seelenkraft, die auch im Menschen existiert und die alles in den höheren Mysterien zu einem werden lässt. Mir wurde klar, dass Pflanzen ihre Umwelt durchaus wahrnehmen können. Pflanzen nehmen sich selbst wahr und ihre Umwelt. Sie kommunizieren mit anderen Pflanzen und nehmen alles auf eine Art und Weise wahr, die dem heutigen Menschen unbekannt ist. Was die meisten Menschen der heutigen

Zeit nicht verstehen, ist, dass Bewusstsein und Denken zwei völlig unterschiedliche Dinge sind. Vielleicht würde es helfen, wenn man ein anderes Wort verwenden würde. Man könnte anstelle von Bewusstsein auch Wahrnehmung verwenden. Die Wahrnehmung kann alles umfassen. Insofern existieren auch Träume in der Realität, denn man nimmt diese wahr. Wahrnehmung existiert auch ohne das Denken. Mir wurde klar, dass das Denken eher einem Sinn gleichkommt, als dass es das eigene Sein repräsentieren würde. Sogleich kam der Gedanke auf, dass das Denken auch eine untergeordnete Rolle spielt, denn viele andere Lebewesen verzichten darauf. Eine Pflanze erlebt ein hochkomplexes Zusammenspiel in einer Symbiose mit der Außenwelt ganz ohne Denken.

Ich öffnete meine Augen und blickte nach oben. Es waren kaum Wolken am Himmel. Die wenigen Wolken, die sich dort befanden, waren schneeweiß und es schien mir so, dass sie irgendwie etwas stärker vom Rest des Himmels getrennt waren, als ich es gewohnt war. So als ob sie wie nachträglich in den Himmel gemalt aussahen. Oder eher, als ob jemand einen Wattebausch nachträglich auf ein Bild geklebt hat, welches einen Himmel zeigt. Der Hügel, auf dem ich lag, war mit einem Gras bedeckt, das ein ungewohnt intensives Grün hatte. Dieses Grün war fast neonfarben und schien sehr kräftig. Die Wälder, die den Rand des Hügels umschlossen, erschienen in einem satten Grün. Das Braun der Baumstämme war kein dunkles, unauffälliges Braun, sondern ein Braun das im Vergleich zum Grün der Blätter, sehr kontrastreich war. Die Umgebung war intensiver in den Farben und Formen und irgendwie nahm ich alles, was ich hier sah, nicht so komplex wahr, wie ich es im vierundzwanzigsten Mysterium tat. Ein Vogel flog über mich. Die

Bewegungen, die dieser Vogel beim Fliegen machte, nahm ich detailreicher wahr. Es war sehr leicht, den Vogel umfassend wahrzunehmen, so als ob das Erkennen von etwas einfach so geschieht. Meine Aufmerksamkeit wird auf die Dinge gelenkt und entweder verbleibe ich bei etwas oder ich schwenke mit meiner Aufmerksamkeit auf etwas anderes um. Ich sah die Dinge hier, wie sie sind, ich verstand alles, ohne überlegen zu müssen. Während man im vierundzwanzigsten Mysterium alles als sehr komplex wahrnimmt und als abschließend nicht verständlich, so war hier alles klarer und offensichtlicher. Diese Klarheit spiegelte sich auch in der Wahrnehmung der Landschaft und der Tiere wider. Es war fast so, als könnte man alles durchschauen. Ich fühlte mich so, als ob ich hier der Wahrheit über alles, was existiert, etwas näher wäre. Dieses dreiundzwanzigste Mysterium war entspannter als das vierundzwanzigste. Es schien hier alles so zu sein wie im vierundzwanzigsten Mysterium, nur vom Blickwinkel dieses Mysteriums war man fähig das vierundzwanzigste Mysterium zu durchschauen. Alles, was ich in meinem Leben nicht so richtig verstanden hatte, war hier auf irgendeine Art klarer. Ich fragte mich, wo Lennie wohl gerade war. Ich drehte meinen Kopf um und sah, dass er noch immer auf dem Baumstamm saß. Er schaute zu mir herüber. Sein Blick war sanft und er strahlte Gutmütigkeit aus. Ich freute mich, dass er hier bei mir war. Obwohl ich es hier angenehm empfinde und ich mich auch ohne seine Anwesenheit wohlfühlen würde. Er bemerkte, dass ich ihn musterte. Er stand auf und kam zu mir. Er setzte sich neben mir ins Gras.

»Wie fühlst du dich?«, fragte er.

Ich antwortete: »Ich fühle mich sehr gut. Mir gehen alle möglichen Gedanken durch meinen Kopf. Es sind weniger

Gedanken, sondern es ist eher so, dass ich das, worüber ich nachdenke, auch weiß. Ich habe keine Gedanken, sondern Erkenntnisse. Auch die Umwelt, die ich hier erlebe, ist anders als gewohnt. Sie erscheint mir intensiver und klarer.«

Ich blickte umher und bemerkte diese Ruhe, die überall herrscht. Es ist nicht so, dass es hier ruhig ist. Es ist eher so, dass die Geräusche, die ich hier höre, mich innerlich nicht aus der Ruhe bringen. Ich bin entspannt.

Ich fragte ihn: »Sag mal, wenn es vierundzwanzig Mysterien gibt und ich das vierundzwanzigste kennengelernt habe und jetzt das dreiundzwanzigste erfahre. Und mir das dreiundzwanzigste deutlich klarer vorkommt als das vierundzwanzigste, dann müsste doch jedes weitere Mysterium bis zum ersten Mysterium immer klarer und reiner sein?«

Lennie fing an zu lachen, es war kein Auslachen, sondern ein Lachen wie, als hätte er gewusst, dass ich diese Frage stellen würde.

»Die vierundzwanzig Mysterien sind wie ein Stammbaum von allem, was existiert. Wie ein Stammbaum, bei dem der erste und der letzte zur gleichen Zeit existiert. Die Wurzeln dieses Baumes sind das erste Mysterium. Aus diesem kommt alles und hier ist alles bekannt. Der Stamm des Baumes ist wie das dritte Mysterium, die Äste des Baumes sind wie das sechste Mysterium, die Zweige des Baumes sind wie das neunte Mysterium, die Blätter des Baumes sind wie das zwölfte Mysterium, das vierundzwanzigste Mysterium ist wie die Photosynthese eines Blattes und somit nicht wirklicher ganzheitlicher Bestandteil des Baumes. Die Intensität nimmt von Mysterium zu Mysterium nicht linear zu, sondern vervielfacht sich unendlich von einem Mysterium zum nächsten. Es gibt Mysterien, die einen Übergang darstellen. Hierzu gehören das dreiundzwanzigste Mysterium und auch das zweiundzwanzigste Mysterium. Diese beiden Mysterien sind besondere Mysterien, weil sie noch nicht im Licht sind. Sie sind sozusagen noch nicht integraler Bestandteil des Baumes, sondern ein Abkömmling davon.«

Je mehr ich über diese Mysterien nachdachte, desto schöner empfand ich das Konzept dieser Mysterien. Es existierte also eine Welt, die sich in mehrere Welten aufteilt und in der die jeweilige Intensität von allem unterschiedlich ist.

Ich fragte Lennie: »Was meinst du damit, wenn du sagst, dass das dreiundzwanzigste und das zweiundzwanzigste Mysterium noch nicht im Licht ist?«

Er sagte: »Das vierundzwanzigste Mysterium ist das letzte Mysterium und das letzte Mysterium wird gespeist vom vorletzten und vom vorvorletzten Mysterium. Du musst verstehen, dass das vierundzwanzigste Mysterium an sich gar nicht selbst existiert. Es ist eine Illusion. Man könnte auch sagen, dass es eine Simulation ist, die durchgespielt wird vom dreiundzwanzigsten und vom zweiundzwanzigsten Mysterium.«

Ich fuhr ihm ins Wort: »Moment, was willst du damit sagen? Das würde dann bedeuten, dass alles real ist, bis auf das vierundzwanzigste Mysterium?«

Lennie sagte: »Es ist wie in einem Computerspiel. Ein Mensch, der ein Computerspiel spielt, nimmt sich selber als real existierend wahr und das, was im Computerspiel geschieht, als Simulation. Das Spiel wird gespielt und gesteuert nach den Vorgaben des Spielers. In diesem Beispiel ist das der spielende Mensch. Der Programmcode entscheidet, was im Spiel getan werden kann und was nicht. Das Programm gibt somit die Grenzen der möglichen Handlungen vor. Außerhalb dieser Grenzen kann aus dem Spiel heraus nichts verändert werden. Es ist nur möglich, von außen das Programm zu verändern und somit die Grenzen des Spieles entweder auszuweiten oder einzudämmen. Die physikalische Welt, also das vierundzwanzigste Mysterium, ist wie ein solches Programm. Man kann sagen, dass das vierundzwanzigste Mysterium von außen manipuliert wird. Manipulieren ist nicht das richtige Wort, man kann eher sagen, dass es beeinflusst oder beherrscht wird. Aber auch das stimmt und es stimmt wiederum nicht.«

Irgendwie verstand ich das nicht richtig. Wie soll man sowas verstehen, das stimmt und irgendwie auch nicht stimmt. Entweder stimmt etwas oder es stimmt nicht. Entweder ist etwas so oder es ist so. Wie kann etwas diverse Eigenschaften haben und dann doch nicht diese Eigenschaften haben?

Ich sagte zu Lennie: »Ich verstehe das nicht ganz, was du sagst. Deine Erklärung, dass das vierundzwanzigste Mysterium einer Simulation gleicht, kann ich mir vorstellen, aber dass es beherrscht wird und doch nicht beherrscht wird, verstehe ich nicht.«

Er wartete lange mit einer Antwort. Ich hatte das Gefühl, dass er nicht deshalb lange wartete, weil er überlegen musste, sondern um meine Aufmerksamkeit für die kommende Antwort zu erhöhen.

»Das, was ich dir zu erklären versuche, ist eines der größten Geheimnisse des vierundzwanzigsten Mysteriums. An dieser Hürde sind sehr viele weise Menschen gescheitert. Auch Menschen, die zu Lebzeiten bereits ein klein wenig Erkenntnis erlangt hatten, scheiterten an diesem Verständnis. Es ist sehr schwer, als Mensch diese Tatsache zu beschreiben. Man kann dies auch mit physikalischen Methoden nicht nachprüfen. Das Benutzen von Wörtern, um dies zu erklären, scheint auch sehr aussichtslos, weil Worte nicht in der Lage sind, es treffend zu beschreiben.«

»Dann versuche es«, sagte ich ihm.

Er seufzte und fuhr mit seiner Erklärung fort: »Alles ist miteinander verbunden und doch nicht miteinander verbunden. Ein Fisch ist nicht das Wasser und trotzdem besteht er aus Wasser. Jesus sagte einmal, und dies steht im Thomasevangelium geschrieben: Wenn ihr aus zwei eins macht und das Innere zum Äußeren macht und das Obere wie das Untere, und wenn ihr aus dem Männlichen und dem Weiblichen ein und dasselbe macht, so dass das Männliche nicht männlich und das Weibliche nicht weiblich ist. Wenn ihr Augen anstelle eines Auges macht und eine Hand anstelle einer Hand und einen Fuß anstelle eines Fußes und ein Ebenbild anstelle eines Ebenbildes, so werdet ihr in das Königreich eingehen. Jesus erklärte hiermit das Königreich. Mit dem Königreich beschreibt er eben die höheren Mysterien, in denen nichts mehr so funktioniert wie im vierundzwanzigsten Mysterium.«

Er machte eine Pause und schien zu bemerken, dass ich das nicht richtig verstehe, denn er fuhr fort: »Das dreiundzwanzigste Mysterium und alle höheren Mysterien basieren auf anderen Gesetzmäßigkeiten als das vierundzwanzigste Mysterium. Wer sich im vierundzwanzigsten Mysterium befindet, kann das nicht verstehen. Das Beispiel mit dem Computer ist auch nicht verständlich, weil im Gegensatz zu einem Computerspiel eine Reziprozität zwischen den Mysterien herrscht. Es ist schon so, dass die Mysterien einer gegenseitigen Wechselwirkung unterliegen, aber es ist auch so, dass das vierundzwanzigste Mysterium beherrscht wird von den höheren Mysterien, und somit ist das Schicksal des vierundzwanzigsten Mysteriums bereits festgelegt.«

Ich fiel ihm ins Wort und sagte: »Das bedeutet, dass alle Menschen gar keinen freien Willen haben und gar nichts selbständig entscheiden können? Die Menschen sind in Wirklichkeit wie eine Figur im Computerspiel und sind nicht fähig ihr eigenes Schicksal in die Hand zu nehmen?«

Lennie sagte: »Genau hier liegt der Schlüssel zum Verständnis. Ein Mensch kann sein Schicksal in die eigenen Hände nehmen, nur funktioniert dies nicht innerhalb des vierundzwanzigsten Mysteriums. Es gibt Menschen, manche sind sich dessen auch bewusst, die zum Spieler werden und das Computerspiel aktiv gestalten. Nur funktioniert dies nicht aus dem Blickwinkel des vierundzwanzigsten Mysteriums. Solche Menschen haben die Fähigkeit erlangt, mit ihrem wahren Ich, manche sprechen hier von Seele, zu kommunizieren. Die Seele, oder sagen wir, das Bewusstsein, ist zu jeder Zeit verbunden mit anderen Mysterien und kann über diese höheren Mysterien zum Spieler werden. Dies ist das größte Geheimnis der Menschheitsgeschichte. Du siehst also, innerhalb des vierundzwanzigsten Mysteriums kann beispielsweise ein freier Wille existieren oder auch nicht. Alles ist abhängig von den höheren Mysterien. Gleichzeitig können die höheren Mysterien auch beeinflusst sein vom vierundzwanzigsten Mysterium.«

Ich brauchte eine kleine Pause, um mir das vor Augen zu führen. Ich verstand es jetzt folgendermaßen, das vierundzwanzigste Mysterium wird gesteuert und beeinflusst von den höheren Mysterien und trotzdem kann ein Mensch über dessen wahres Ich, die Seele, sich selbst im vierundzwanzigsten Mysterium beeinflussen.

Ich fragte Lennie: »Wenn es so ist, dann macht es doch Sinn im Leben eines Menschen, eine größtmögliche Verbundenheit mit der eigenen Seele oder, sagen wir, mit dem eigenen Bewusstsein aufzubauen. Warum ist das nicht von vornherein so?«

Lennie antwortete: »Wie ich dir bereits erklärt habe, ist das vierundzwanzigste Mysterium ein Mysterium der Unkenntnis. In diesem Mysterium darf erfahren werden, wie es ist, nicht zu wissen. Zu wissen und zu erfahren, wie es ist, nichts zu wissen, ist eine sehr wichtige Erfahrung.«

Ich konnte mir das alles nicht vollständig erklären, jedoch fing ich langsam an einen Sinn darin zu sehen, dass ein Mysterium wie das vierundzwanzigste erschaffen wurde.

»Wer kam denn auf die Idee, ein Mysterium der Unkenntnis zu erschaffen?«, fragte ich Lennie.

Er antwortete: »Zunächst einmal herrscht auch in höheren Mysterien eine Unkenntnis. Wie ich bereits erwähnt hatte, nimmt die Intensität exponentiell von Mysterium zu Mysterium zu. Das betrifft auch die Erkenntnis. Je höher das Mysterium, desto höher die Erkenntnis. Das Wort Erkenntnis ist hier irreführend, denn ab dem einundzwanzigsten Mysterium ist es treffender, von Licht zu sprechen.«

»Warum Licht? Was ist mit der Erkenntnis oder mit den Gedanken, die jeder hat?«, entgegnete ich ihm.

»Es gilt zu verstehen, dass sowohl die Erkenntnis und auch die Gedanken ein Konstrukt des vierundzwanzigsten Mysteriums sind, die noch Auswirkungen im zweiundzwanzigsten und dreiundzwanzigsten Mysterium haben. Ab dem einundzwanzigsten Mysterium ändert sich alles in einem Ausmaß, das nicht beschrieben werden kann. Ab dem einundzwanzigsten Mysterium kann man alles sein und nichts. Du wirst bald sehen, was ich meine.«

Ich fragte ihn: »Werde ich in das einundzwanzigste Mysterium eingehen?«

Er schaute mich lange an, dann antwortete er: »Du wirst

das einundzwanzigste Mysterium kennenlernen. Ab dann wirst du mich nicht mehr brauchen.«

Mir gefiel dieser Ort sehr gut und ich hatte überhaupt kein Verlangen, in ein anderes Mysterium zu wechseln. Obwohl ich außer diesem Hügel nichts gesehen hatte, wusste ich, dass in diesem dreiundzwanzigsten Mysterium alles sehr klar ist. Es herrscht nicht nur Klarheit, sondern alles ist auch lieblich und angenehm. Ich habe mir in meinem ganzen Leben einen solchen Ort gewünscht. Ein Ort, an dem es keine Sorgen gibt und an dem alles offensichtlich ist. Wieso sollte ich diesen Ort verlassen wollen? Ich konnte einen Spaziergang machen und durch den Wald gehen oder einfach hier liegen bleiben, beides gefiel mir gleich gut.

Ich sagte zu Lennie: »Mir gefällt das dreiundzwanzigste Mysterium sehr gut. Ich könnte mir vorstellen, für immer hierzubleiben. Warum sollte ich von hier fortgehen?«

Lennie erwiderte: »Das dreiundzwanzigste Mysterium ist ein Übergangsmysterium, es ist wie eine Schnittstelle vom vierundzwanzigsten zum einundzwanzigsten. Hier zu verweilen, macht keinen Sinn, denn es würde nicht lange dauern und du würdest vor Langeweile sterben«.

Bei dem Wort »sterben« mussten wir beide plötzlich laut lachen. Wenn man bereits tot ist, dann kann man nicht mehr sterben.

»Warum benötigt man ein Übergangsmysterium?«, fragte ich ihn.

Er sagte: »Das zweiundzwanzigste und das dreiundzwanzigste und das vierundzwanzigste Mysterium gehören auf eine Art und Weise zusammen. Diese drei Mysterien unterscheiden sich grundlegend von allen höheren Mysterien. Hier tummelt sich alles, was weit weg vom Licht ist. Um einen Raum, also ein Mysterium der Unkenntnis, zu erschaffen, ist es notwendig, eine Art Zaun zu bauen. Dieser Zaun trennt die eine Seite von der anderen. Obwohl auch beide Seiten miteinander verbunden sind und sich durch die Ritzen im Zaun austauschen, können gewisse Dinge nicht von der einen Seite auf die andere übergehen. Die Übergangsmysterien sind dazu da, die Illusion des vierundzwanzigsten Mysteriums aufrechtzuerhalten.«

»Aber warum benötigt man zwei Übergangsmysterien?«

Lennie antwortete: »Das dreiundzwanzigste Mysterium und das zweiundzwanzigste Mysterium balancieren sich gegenseitig aus. Es ist wie mit einem Pendel, das hin- und herschwingt. Es ist wie Gut und Böse. Das dreiundzwanzigste Mysterium sorgt für Liebe, Klarheit, Struktur, Erkenntnis und Sanftheit. Während das zweiundzwanzigste Mysterium für die Unkenntnis steht, denn hier sind Wesen am Werk, die dafür sorgen, dass das, was in Wahrheit existiert, nicht erkannt werden kann.«

»Was meinst du mit Wesen? Welche Wesen sind das?«, fragte ich ihn.

Lennie sagte: »Die Menschen kennen sie bereits. Man hat ihnen auch Namen gegeben. Es sind Dämonen oder auch Dschinn genannt. Die Gnostiker nannten sie Archonten. Naturvölker sind sich der Existenz dieser Wesen am ehesten bewusst.«

»Du meinst, diese Wesen manipulieren die Menschen im vierundzwanzigsten Mysterium?«

Lennie fuhr fort: »Diese Wesen konkurrieren mit den Wesen und Kräften des dreiundzwanzigsten Mysteriums. Ein Mensch, der keine starke Verbindung zu seiner Seele oder seinem Bewusstsein hat, hat wenig Energie und genau solche Menschen werden von Dämonen benutzt. Menschen ohne eine starke Verbindung zur eigenen Seele sind wie gefundenes Fressen für sie. Man muss es sich so vorstellen, ein Mensch hat eine Verbindung zur Seele. Man stelle sich diese Verbindung wie ein Wasserkabel vor. Ist das Kabel bereits voller Wasser, dann können Dämonen diese Verbindung nicht mehr benutzen, weil sie bereits voll ist. Ist diese Verbindung schwach und läuft kaum Wasser durch dieses Kabel, dann füllen die Dämonen die Lücke und übernehmen die Kontrolle. Dämonen sind dazu da, die Illusion aufrechtzuerhalten. Ohne das zweiundzwanzigste Mysterium gäbe es keine Illusion und keine wirkliche Unkenntnis. Die Dämonen manipulieren nicht nur Menschen, sie manipulieren alles, was ein niedriges Bewusstsein hat. Auch Gegenstände haben ein Bewusstsein, denn alles Körperliche ist ohnehin eine Illusion.«

Mein ganzes Leben hatte ich immer an die Sinnhaftigkeit des Guten geglaubt und daran, dass das Böse bekämpft werden soll, und jetzt erfahre ich, dass die Existenz des Bösen einen Zweck erfüllt. Obwohl ich eine schöne Kindheit hatte und es mir in meinem Leben überwiegend sehr gut gegangen ist, hatte auch ich erfahren, wie quälend es ist, zu leiden. Manche Menschen erfahren Leid durch eine Krankheit und andere ertragen psychisches Leid. Menschen sterben, weil sie nichts zu essen haben, und Kriege finden immer noch im Namen des Friedens statt. Wie würde denn eine Welt aussehen ohne dieses Leid. Eine Welt, in der jedem bewusst ist, dass nichts Schlimmes passieren kann und in der nur Liebe und Fröhlichkeit existiert.

Ich wandte mich zu Lennie und sagte zu ihm: »Ich glaube, ich fange an den Sinn der Unkenntnis ein bisschen zu verstehen. Wenn das vierundzwanzigste Mysterium ein Ort voller Liebe und Licht wäre, dann gäbe es keinen Platz, um das Gegenteil von Liebe und Licht zu erfahren. Und die Wesen, die du angesprochen hast, sorgen dafür, dass im vierundzwanzigsten Mysterium böse Dinge geschehen. Was sind diese Wesen und was genau machen sie?«

»Ich werde dir eines vorweg verraten, du wirst das zweiundzwanzigste Mysterium bald selbst kennenlernen und du wirst dort an deine Grenzen stoßen von dem, was du aushalten kannst. Es ist ein Ort, an dem ungeheure Kräfte walten, die das vierundzwanzigste Mysterium in seiner Unkenntnis halten. Es ist ein Ort des Chaos. Diese Wesen böse zu nennen ist vielleicht das falsche Wort. Sie erfüllen nur ihre Pflicht. Die dämonischen Kreaturen, die sich dort aufhalten, kennen nichts anderes außer ihr Mysterium und ihr verstecktes Agieren im vierundzwanzigsten Mysterium. Sie kennen das einundzwanzigste Mysterium nicht. Sie kennen auch die Liebe nicht. Sie kennen sie nicht, weil sie sie nicht sehen können. Wie ein Fisch, der eine gewisse Wassertemperatur benötigt, benötigen diese Wesen eine bestimmte Umgebung. In einem zu warmen Wasser können sie sich nicht aufhalten. Im umgekehrten Fall ernähren sie sich aus der Energie der Dunkelheit und des Bösen. Das Böse strahlt eine bestimmte Energie aus und diese Kreaturen fühlen sich zu dieser Energie hingezogen. Immer wenn sie einen Menschen ausmachen können, dessen Energie nicht voller Licht ist, versammeln sie sich um diesen und fangen an den Rest des Lichtes aus diesem Menschen zu saugen, sodass dieser Mensch zu ihrem Sklaven und ein Werkzeug der Unkenntnis wird. Mit ihrer Hilfe wird das vierundzwanzigste Mysterium in Balance gehalten. Sie haben es erschaffen, dass man die Welt als geteilt wahrnimmt und sich selber als getrennt von allem, was existiert.«

Ich dachte über diese Wesen nach und ich spürte fast ein bisschen Mitleid mit ihnen. Sie leben genauso in

Unkenntnis, wie die Menschen im vierundzwanzigsten Mysterium in Unkenntnis leben. Sie erzeugen die Unkenntnis und saugen, wo immer sie können, das restliche Licht aus den Menschen. Dieser Ort muss schrecklich sein, viel schrecklicher als das vierundzwanzigste Mysterium.

»Aus was bestehen diese Wesen?«, fragte ich Lennie.

»Im Grunde bestehen sie aus demselben Material, aus dem alles besteht. Sie sind genauso Bewusstsein, wie du Bewusstsein bist. Alles ist Bewusstsein und Bewusstsein ist Energie, oder nenne es Licht. Der Unterschied zwischen all dem liegt darin, dass dieses Licht unterschiedliche Abstufungen hat. Nicht jedes Licht scheint in der gleichen Intensität oder in der gleichen Farbe. Und das Licht dieser Wesen ist ein dunkles und schwaches Licht.«

»Wie wurde dieses dunkle Licht oder diese Wesen erschaffen?«

Lennie schaute sich um, wie als ob er prüfen wollte, ob jemand in der Nähe wäre. Er wartete eine Weile, bis er fortfuhr: »Um zu verstehen, warum es diese Wesen gibt, musst du verstehen, warum sie existieren. Es gab eine Zeit, in der das Licht über alles herrschte. Dieses Licht war in sich geschlossen. Es existierte nichts außerhalb des Lichtes. Denn das Licht umfasste alles. Zu dieser Zeit war das Licht so intensiv, dass es keinen Ort innerhalb des Lichtes gab, in dem irgendetwas nicht bekannt war. Das Licht war alles und es war unendlich. Dieses Licht war unendlich konzentriert. Es bestand also aus etwas Unendlichem, was sich auf einen unendlichen kleinen Punkt konzentrieren konnte, so als würde es nicht existieren. Gleichzeitig konnte es sich unendlich ausweiten. Je mehr man in das Innere des Lichtes vordrang, desto mehr eröffneten sich neue Welten voller Licht. In der Welt des reinen Lichtes existieren keine physikalischen Gesetze. Dieses Licht bietet unendliches Potential. Potential, das jederzeit in unendlichen Möglichkeiten und Chancen seine Ausbreitung finden kann. Aus diesem Licht heraus entstand ein Wille, der gleichzeitig auch eine Erkenntnis war. Die Gnostiker gaben diesem Willen den Namen Sophia. Dieser Wille bewegte sich im Licht und warf eine Art Schatten innerhalb des Lichtes. Dieser Schatten befand sich im Licht und konnte dennoch das Licht nicht erkennen. In diesem Schatten entstand etwas, das die Gnostiker einen Archonten nannten. Einige Menschen gaben ihm auch den Namen Demiurg. Dieser Archont befand sich im Schatten und dachte, dass er allein es sei, der existiert. Er kannte nur sich selbst und konnte das Licht nicht sehen. Sein Wesen nahm Gestalt an und er fing an etwas aus sich heraus zu erschaffen. Er empfand große Freude daran, etwas aus sich heraus zu erschaffen, und gebar unzählige Wesen aus sich selbst heraus. Er war der Inhaber der Gewalt über diese Wesen und die Dinge, die er gebar. Er war Inhaber der Materie. Er ist der Schöpfergott des vierundzwanzigsten Mysteriums. Er ist der Gott, den viele Menschen anbeten und der die materielle Welt erschaffen hat und damit die Unkenntnis. Die unzähligen Kopien, die dieser Archont aus sich heraus gebar, erstreckten sich über das zweiundzwanzigste Mysterium und über das vierundzwanzigste Mysterium. Das dreiundzwanzigste Mysterium können seine Ausgeburten nicht betreten, denn es ist außerhalb des Schattens. Wenn ein Archont oder ein Abkömmling eines Archonten aus dem Schatten treten würde, dann würde er sich auflösen und nur das restliche Licht, das noch in ihm vorhanden ist, würde übrig bleiben. «

Er machte eine Pause und ich hatte das Gefühl, dass ich das von ihm Gesagte sich erst mal setzen lassen musste. Mir wurde gerade bewusst, dass ich die Erklärung erhalten hatte, wie unsere Welt entstanden ist und wer sie erschaffen hat, und auch, warum sie existiert. Zu meinen Lebzeiten habe ich unzählige Menschen kennengelernt, die sich über das Warum und Wieso den Kopf zerbrochen hatten. Gerade wenn man denkt, dass die Dinge komplex sein müssen, dann sind sie es oftmals nicht. Komplex und unverständlich sind nur die Dinge, die der Mensch geschaffen hat. Der Verstand des Menschen stellt viele Fragen und auf jede Frage kommen viele Antworten. Diese vielen Antworten führen zu noch mehr Fragen und zu noch mehr Unverständnis. Der Verstand ist ein Instrument der Unkenntnis.

Ich fasste zusammen und sagte zu Lennie: »Diese Wesen aus dem zweiundzwanzigsten Mysterium sind dann die Abkömmlinge vom Archonten und die, die dafür sorgen, dass es keine wirkliche Erkenntnis im vierundzwanzigsten Mysterium gibt. Wollte der Wille, der sich aus dem Licht gebildet hat, du erwähntest vorhin, dass die Gnostiker diesem Willen den Namen Sophia gegeben haben, dass diese Welt der Unkenntnis erschaffen wurde?«

Lennie antwortete: »Sophia erkannte das sich in ihrem Schatten anbahnende Chaos. Sie wollte diesem Chaos einen eigenen Willen und eine Prägung geben. Jedoch kam ihr der Archont zuvor, der in ihrem Schatten entstanden ist. Sophia ist nicht nur ein Wille und eine Erkenntnis. Sie ist die Seele von allem, was in ihr und in ihrem Schatten existiert. Alles aus dem zweiundzwanzigsten, dreiundzwanzigsten und vierundzwanzigsten Mysterium ist ein Teil von Sophia. Sophia ist überall. An manchen Orten ist ihr Licht stärker und an manchen ist es nicht so stark präsent.«

Ich empfand es sehr angenehm, wie Lennie mir die Welt erklärte. Es ist so, dass es mir sehr gut ging, seitdem ich mich im dreiundzwanzigsten Mysterium befand. Ich hatte das Gefühl, dass ich erst einmal genug gehört hatte über die Entstehung der Welt und wie alles zusammenhängt. Mir wurde gerade bewusst, dass ich immer noch im Gras lag. Ich wollte mich etwas umsehen und stand auf. Wie mir bereits vorhin aufgefallen war, hatte diese Gegend etwas Künstliches. Hat Lennie Recht? Vielleicht ist dieses Mysterium nur ein Übergangsmysterium und man kann sich langfristig hier nicht aufhalten. Außer diesen Wäldern und Hügeln befand sich hier auch nichts. Alles war wunderschön ursprünglich und gleichzeitig surreal. Man spürte, dass einem hier nichts passieren konnte. Gleichzeitig hatte es auch etwas Kühles an sich, so als ob alles im Prinzip egal wäre. Wenn alles lieblich ist, dann ist es vielleicht auch etwas kühl. Diesen Widerspruch konnte ich hier spüren. Ich entschloss mich die Gegend zu erkunden und lief den Hügel hinab. Meine Schritte machten kaum Geräusche. Ich bemerkte, dass es hier keine welken Blätter gab und nichts, was am Verwesen war. Alles war frisch. Es sah so aus, als ob dieser Ort sich niemals verändern würde und alles für immer und alle Ewigkeit in demselben Zustand ist, wie es war. Die Baumkronen sahen aus wie eine grüne dichte Decke aus einem nicht aufhörenden Stück Brokkoli. Ich erreichte den Rand des Hügels. Das Gras hörte hier abrupt auf und der Wald fing an, wie als hätte jemand eine Linie gezogen. Die Bäume waren alle gleich hoch und deren Stämme alle gleich dick. Irgendwie war es hier so wie in einer künstlich geschaffenen Welt, in der alles relativ gleich aussieht und gleich erscheint. Ich betrat den Wald. Sobald ich die ersten Bäume hinter mir gelassen hatte, war alles, bedingt durch die Baumkronen, in einem Schatten eingetaucht. Der Boden bestand aus einem satten bräunlichen kompostartigen Sand. Es war windstill.

Die Geräuschkulisse veränderte sich. Vogelgesänge und Affenlaute kamen vom Inneren des Waldes. Auch wenn sich die Landschaft nicht veränderte, empfand ich das Laufen als angenehm. Ich lief immer weiter in den Wald hinein und merkte, dass ich überhaupt keine Angst hatte, ob ich den Weg wieder herausfinden würde. Nach einer Weile sah ich vor mir eine kleine Lichtung, die mit Gras bedeckt war. Die Sonne ließ das Gras in einem hellen Grün erscheinen. Ich lief zu dieser Lichtung und legte mich in das Gras. Ich schloss die Augen. Die gewohnten, gleichbleibenden Geräusche des Waldes waren mir mittlerweile sehr vertraut. Ich wurde etwas müde und überlegte, ob ich hier ein kurzes Nickerchen machen sollte.

DIE WURZEL

Ich musste wohl eingeschlafen sein, denn es veränderte sich meine Wahrnehmung. Es war kein Einschlafen in gewohntem Sinne, sondern es war eher so, dass ich mich in einem dämmernden, traumähnlichen Zustand wiederfand. Mein Körper lag auf der Lichtung und ich konnte ihn spüren, wie ich ihn spüre, wenn ich nicht schlafe. Ich fing an, meine eigene Atmung zu hören, so als ob es nicht meine Atmung wäre. Ich spürte meinen Atemstrom, der durch die Nase eingesogen wurde, bevor er den Hals hinabzieht und sich im Bauch verteilt. Bei jeder Ausatmung fühlte ich mich, als ob etwas in mir verloren ginge. Es war so, als ob sich ein Teil von mir lösen würde. Diesen Teil konnte ich mit der nächsten Einatmung nicht wiederholen. Ich stellte mir vor, dass, wenn ich so weiteratmen würde, bald nichts mehr von mir vorhanden wäre. Ich musste allerdings weiteratmen, denn ohne Atmung konnte ich auch hier nicht existieren. Ich begann mir langsam Sorgen zu machen um mein Dasein und den sich abzeichnenden Verlust meines Selbst. Ich hatte immer mehr das Gefühl, dass ich immer weniger wurde. Nicht nur mein Körper löste sich langsam auf, auch mein Gehirn und mein Denken schienen sich zu verflüchtigen. Ich bekam Angst. Dieses Gefühl der Angst hatte ich bereits vergessen. Wie schön war diese vollkommene Abwesenheit von Angst gewesen, die ich die ganze Zeit gespürt hatte. Doch plötzlich baute sich ein Gefühl der Angst auf, das immer intensiver wurde. Wieso bin ich in den Wald gelaufen und wo ist Lennie? Ich wünschte, er wäre bei mir und würde mir erklären, was gerade passiert. Was hat er vorhin denn gesagt? Diese Geschichten von Mysterien und dieser ganze Nonsens mit Archonten. Anstatt irgendwelche Geschichten zu erzählen, sollte er lieber zu mir kommen und mir helfen. Diese gleichbleibenden Geräusche von Affen und Vögeln sind grauenhaft. Überall dieses Piepen und Brüllen von Tieren, die ich sowieso nicht sehe. Ich muss hier raus. Ich muss aufstehen und weg aus diesem furchtbaren Wald. Als ich versuchen wollte aufzustehen, bemerkte ich, dass mein Körper nicht auf meinen Willen reagierte. Ich spürte zwar meinen Körper, aber er reagierte nicht mehr. Ich bekam Panik. Ich versuchte meinen kleinen Finger zu bewegen und dachte, wenn ich wenigstens diesen kleinen Finger bewegen könnte, dann wäre dies schon mal ein Anfang. Ich mobilisierte meine ganze Kraft auf diesen kleinen Finger und dabei zitterte mein ganzer Körper so, als ob ich unter elektrischem Strom stehen würde. Meine Zähne knirschten, so als würden sie gleich zerspringen. Ich halte diesen Zustand nicht mehr lange aus. Plötzlich hörte ich ein Geräusch aus dem Wald. Es hörte sich an, als ob etwas Grobes und Dumpfes durch eine viel zu kleine schleimige Öffnung gezogen wird. Dieses Geräusch wurde immer lauter. Ich befürchtete, dass dieses ekelhafte Geräusch immer näher kommt. Ich wollte unter keinen Umständen Bekanntschaft machen mit etwas, das sich so anhört. Intuitiv spürte ich mein Ende. Wenn mich dieses Ding erreicht, dann ist es aus. Dann werde ich nicht mehr sein. Meinen Kopf konnte ich nicht bewegen. Ich blickte mit meinen Augen herunter zu meinen Füßen. Aus dem Wald kam etwas Schwarzbraunes angekrochen. Es hatte Tentakel unterschiedlicher Größe.

Die kleinen Tentakel bewegten sich schnell und suchten die Umgebung ab, wie es die Fühler eines Insekts tun. Die großen Tentakel krochen langsam über den Boden. Was auch immer das war, es steuerte direkt auf mich zu. Ich konzentrierte mich mit aller Kraft darauf aufzustehen, aber mein Körper schien mir nicht mehr zu gehorchen. Ich war verzweifelt und voller Angst. Die Angst war so intensiv, dass ich zu allem bereit gewesen wäre. Hauptsache, ich konnte mich aus dieser Situation befreien und die Angst loswerden. Diese Tentakel waren nur noch wenige Meter von meinen Füßen entfernt. Ich konnte mich nicht wehren. Ich fühlte, dass ich in einer aussichtslosen Situation bin. Wieso kommt dieses Ding direkt auf mich zu und was will es von mir? Es war mittlerweile so nah bei mir, dass ich diese Tentakel gut erkennen konnte. Sie sahen aus wie Wurzeln. Es waren schwarzbraune schleimige Wurzeln, die sich bewegten wie die Tentakel eines Oktopus. Die kleinen Wurzeln krochen vorneweg und sie suchten den Boden ab, so als ob diese Wurzeln mich nicht sehen konnten, aber wussten, dass ich hier irgendwo bin. Sie suchten nach mir wie jemand, der nach einem Tier im Käfig sucht, das er vorhat, zu schlachten. Eine der kleinen Wurzeln berührte meinen Fuß und in diesem Moment bewegten sich alle Wurzeln auf mich zu. Was auch immer das war, es hat mich gefunden. Die kleine Wurzel, die mich zuerst erreicht hatte, wand sich um mein Fußgelenk, so als ob sie mich fixieren wollte. Die anderen kleineren Wurzeln krochen um mich herum, so als ob sie mich umzingeln wollten. Sie nahmen mir jegliche Fluchtmöglichkeit. Vor mit baute sich eine der großen Wurzeln auf. Sie kam vor meinen Füßen zu stehen. Wie ein großes Stück Holz lag sie da. Die kleineren Wurzeln hatten mich mittlerweile umrundet und verzweigten sich ineinander, sodass ich wie in einem Wurzelkäfig gefangen war. Die große Wurzel fing an sich leicht zu bewegen. Es sah aus, als ob sie sich schütteln würde. Aus ihr heraus sprossen frische Wurzeln, die immer größer wurden und sich auf meinen linken Fuß zubewegten. Eine weitere Wurzel berührte meinen Fuß. Diese Wurzel schlang sich nicht um meinen Fuß, sondern sie fing an sich durch meine Haut zu bohren. Sie wollte offensichtlich in mich hinein. Eine andere Wurzel bohrte sich in mein Fußgelenk. Meine Fußzehen waren eingekreist von vielen kleinen Wurzeln, die in meine Fußzehen eindrangen. Ich spürte meine Fußzehen nicht mehr. Diese Wurzeln fingen an Körperteile von mir zu ersetzen. Meine Fußzehen und mein Fuß waren gar nicht mehr existent. Diese Wurzeln aßen mich bei lebendigem Leib auf. Der Schmerz, den ich dabei empfand, war so groß, dass ich gar nicht bemerkte, dass ich die ganze Zeit laut geschrien hatte. Durch mein lautes Schreien brach meine Stimme zusammen. Ich konnte nur noch schnappen wie ein Fisch, der an Land liegt und ums Überleben kämpft. Gegenüber der Wurzel war ich klein und schmächtig. Ich lag vor ihr wie ein Stück Steak auf dem Servierteller. Ich konnte nichts mehr für mich tun. Ich wusste, dass es für mich vorbei ist. Es gibt Situationen, in denen man weiß, dass jede Gegenwehr zwecklos ist. In solchen Situationen ist es am besten, die Dinge über sich ergehen zu lassen. Die Wurzeln fingen an sich durch meine Beine nach oben zu bohren. Es war nicht so, dass sie mein Bein aufessen würden, es war eher so, als ob sie mein Bein auflösen würden. Trotz meiner panischen Angst ergab ich mich meinem Schicksal. Die Wurzeln hatten mein Becken erreicht und fingen an sich weiter durch meinen Körper zu bohren und Besitz von ihm zu nehmen. Ich blickte nach oben und konnte durch die

Verzweigungen meines Wurzelkäfigs den blauen Himmel erkennen. Ich entschloss mich aufzugeben. Das Sichwehren hatte keinen Sinn. Ich ergab mich der Wurzel. Die Wurzeln krochen durch meinen Hals und kamen aus meinem Mund wieder heraus. Selbst mein Kopf war eine Wurzel. Ich war aufgelöst. Mein Körper war verschwunden. Es gab mich nicht mehr. Es wurde still und schwarz.

KÖRPERLOS

Ich befand mich in einem schwarzen Raum, dessen Ausmaße ich nicht erkennen konnte. Es schien mir so, als ob dieser Raum endlos war und keine Wände oder Begrenzungen hatte. Ich konnte keine Gengenstände ausfindig machen. Es gab keine Geräusche. Ich wollte mich selbst betrachten, doch es war mir nicht möglich, etwas von mir zu sehen. Es war nicht so, dass ich mich nicht sehen konnte, weil alles dunkel war, denn ich konnte durch das Dunkle sehen. Es war eben nur alles schwarz. Es war auch kein Sehen mit den Augen, denn ich stellte fest, dass ich gar keinen Körper mehr hatte. Wenn ich keinen Körper mehr habe, dann habe ich auch keine Augen mehr. Es war ein Sehen, wie wenn man träumt. Merkwürdigerweise interessierte mich das nicht. Ich empfand den Zustand als angenehm. Ich empfand eine Losgelöstheit von einer Sache, die mich eher behindert hatte. Jetzt, ohne Körper fühlte ich mich mächtiger und freier. Einen Körper zu haben kam mir vor wie eine Behinderung. Der Grund, warum ein Körper existiert, muss wohl etwas mit der Unkenntnis zu tun haben. Wenn man etwas stark beschränken möchte, dann steckt man es am besten in einen Körper. Denn dann ist dieses Etwas gefangen. Ich stellte fest, dass ich nicht mehr dachte und es somit möglich war, ohne Gehirn zu existieren. Alles, was ich wahrnahm, waren Empfindungen und Emotion und keine Gedanken. Diese Empfindungen und

Emotionen nahm ich als Energie wahr. Diese Energie war hochsensibel. Obwohl dieser Raum schwarz und unendlich war, nahm ich dieses Schwarz und diese Unendlichkeit in einem unfassbaren Detailreichtum wahr. Es war so, als ob ich den Raum abtasten konnte. Wie als hätte ich unzählige elektrische Fühler, die alles abtasteten, auf was ich meine Aufmerksamkeit lenkte. Ich fing an die Aufmerksamkeit auf mich zu lenken und sah plötzlich, wie ein leuchtender Lichtschweif aufblitzte. Gleich darauf erschienen Streifen in verschiedenen Farben, die sich in unterschiedlicher Geschwindigkeit bewegten. Einige dieser Streifen gingen tief in den Raum, während andere um mich herum kreisten. Zu diesen Streifen kamen runde röhrenartige Gebilde. Ich bemerkte, dass die Streifen und die Gebilde sowohl ihre Form änderten als auch ihre Farbe. Je nachdem, worauf ich meine Aufmerksamkeit richtete und welche Empfindung ich hatte, änderten sich die Gebilde. Diese Formen und Farben waren entstanden und verschwanden je nach meinem Belieben. Es war ein flüchtiger körperloser Zustand meines Geistes und meiner Energie. Mir wurde bewusst, dass auch die Flüchtigkeit etwas Konstantes sein kann. Ich bewegte mich durch den Raum und wurde wieder dunkel. Ich erhöhte meine Geschwindigkeit ins Unermessliche. An diesem Ort gab es keine Beschränkungen in der Geschwindigkeit. Das Bewegen war kein Voranschreiten im gewohnten Sinne, sondern eher eine Art Beamen. Ich bewegte mich impulsartig in jede erdenkliche Richtung. Ich spürte, dass ich andere Orte wahrnehmen konnte. Ein Gefühl zog mich zu einem anderen Ort. An diesem Ort befand sich etwas Lebendiges. Ich sah von weitem, dass sich dort jemand befand. Ich umkreiste und näherte mich diesem Wesen. Es hatte im Gegensatz zu mir eine körperliche Form. Es schien mich nicht zu bemerken. Dieses Wesen war unfähig mich zu sehen. Für dieses Wesen war ich wie ein anderer Radiosender, den man nicht wahrnimmt, wenn das Radio auf einen anderen Sender eingestellt ist. Ich war da, aber konnte nicht gehört und gesehen werden. Ich betrachtete dieses Wesen. Es kauerte auf einer Art Ast und zitterte. Es war schwarz und hatte lange Beine, die es wie ein Affe, der in der Hocke sitzt, gebeugt hatte. Aus seiner ledrigen, glatten Haut wuchsen vereinzelt lange stachelige Haare. Die Nase und die Ohren waren überproportional groß und hingen nach unten. Ich erkannte, was dieses Wesen war und was es hier machte. Es war ein Dämon, der gefangen war in diesem zweiundzwanzigsten Mysterium. Das zweiundzwanzigste Mysterium wurde erschaffen von einem Archonten. Dieser Archont hält, durch das Ansammeln von Seelen, dass zweiundzwanzigste Mysterium am Leben. Mir wurde plötzlich klar, dass dieser Dämon die Kraft seiner Seele an das zweiundzwanzigste Mysterium abgegeben hatte. Er war ein Sklave dieser Welt. Ich wusste, dass er schon lange hier verbracht haben musste, denn er war schwach und hatte keine Kraft. Als ich mich ihm näherte, schien er etwas zu bemerken. Er konnte mich nicht sehen, aber die Energie im Raum schien sich durch meine Anwesenheit zu verändern. Dies schien er zu bemerken. Er schaute nach allen Seiten und verzog sein Gesicht. Seine gelben Zähne kamen zum Vorschein. Früher hätte ich dieses Wesen als hässlich und ekelhaft empfunden. Jetzt sah ich etwas, das schwach war. Er hatte keine Kenntnisse von der Welt. Ich hatte Mitleid mit dieser Kreatur. Ich beschloss ihm zu helfen. Ich umzingelte diesen Dämon und packte ihn von allen Seiten. Ich spürte, dass er große Angst hatte. Ich zog ihn ganz dicht an mich heran und erhöhte meine Energie ins Unermessliche.

Ich erstrahlte in einem Farbspiel aus Lichtern und Linien. Ich gab diesem Dämon sehr viel liebevolle Energie. Er wand sich und wollte von meiner Energie entkommen. Ich hielt ihn fest im Griff und durchbrach sein hässliches Äußeres. Auf einmal schien er seine Gegenwehr aufzugeben. Ich bemerkte, dass seine schwarze Haut abplatzte und darunter ein Junge zum Vorschein kam. Er schien meine guten Absichten zu erkennen und er fing an mich sehen zu können. Seine Energie hatte einen Zustand erreicht, in dem er mich wahrnehmen konnte. Jetzt war es er, der mich ergreifen wollte. Er wollte mich nicht mehr loslassen. Wie ein kleines Kind hing er an mir fest. Ich hatte seine Energie erhöht und somit auch seine Wahrnehmung von allem. Seine Seele war immer vorhanden gewesen. Durch meine Energie wurde sie aufgedreht, wie man den Dimmer einer Lampe aufdrehen kann. Er hatte seine Energie, die ihm einst genommen wurde, wieder zurück. Nach einer Weile ließ ich ihn allein. Ich wollte weiter vordringen in diese Welt. Ich wollte sehen, was hier vor sich ging. Ich bemerkte, dass ich ihn auch von weitem spüren konnte. Durch unseren Energieaustausch waren wir miteinander verbunden. Man kann andere Wesen versklaven, indem man sie auf der energetischen Ebene besiegt. In diesem Fall erhöht sich die eigene Energie. Oder man verbündet sich mit ihnen. In diesem Fall hat man einen Verbündeten. Ich hatte jetzt einen Verbündeten. Mich zog es zu einer Gruppe von Dämonen, die sich hinkauerten. Sie waren verbunden mit dem vierundzwanzigsten Mysterium und schienen dort ihr Werk zu verrichten. Da Raum und Zeit nur für physikalische Wesen eine Rolle spielen, kann man sich von hier aus überallhin bewegen und überall sein Unwesen treiben. Das Einzige, was zählt, ist die Intensität der eigenen Energie. Wenn im vierundzwanzigsten

Mysterium jemand eine hohe Energie hat, dann kann er von diesen Dämonen nicht erkannt werden. Sobald jemand eine niedrige Energie hat, wird er von diesen Dämonen befallen. Sie ernähren sich aus der Energie eines solchen Menschen und benutzen ihn dazu, Dinge zu tun, die die Unkenntnis im vierundzwanzigsten Mysterium erhöhen. Als ich mich diesen Dämonen näherte, sah ich, dass sie Energie aus Menschen saugten, dadurch wurden diese Menschen ängstlich und feige. Diese Menschen tun dann böse Dinge. Ich griff mir die Dämonen und drückte sie ganz dicht an mich heran. Ich erhöhte meine Energie ins Unermessliche. Ihre hässlichen Leiber platzten auf und zum Vorschein kamen helle Seelen. Sie freuten sich und klammerten sich an mir fest. Auch sie sind jetzt mit mir verbunden. Es gefiel mir, Verbündete zu haben. Ich befand mich am äußeren Rand dieses Mysteriums und bewegte mich in Richtung des Zentrums. Je weiter ich voranschritt, desto mehr Ekelhaftigkeit konnte ich spüren. Es fühlte sich an, als wenn man sich übergeben müsste. So als ob etwas Widerliches im Hals feststecken würde. Je näher ich an das Zentrum der Ekelhaftigkeit kam, auf desto mehr Dämonen traf ich. Viele von ihnen waren agiler und mächtiger als die, denen ich vorher begegnet war. Sie kauerten sich nicht mehr hin, sondern führten ihre Absichten mit größtem Eifer aus. Ich konnte ihre Kraft spüren. Ich wusste nicht, ob meine Energie ausreichen würde, um einen von ihnen zu heilen. Die Dichte der Dämonen nahm so weit zu, dass ich mich zwischen ihnen durchschlängeln musste. Nach einer Weile nahm ich eine spezielle Kraft wahr. Diese Kraft fühlte sich mächtiger an als alles, was ich bisher wahrgenommen hatte. Ich bewegte mich in Richtung dieser Kraft und bemerkte, dass plötzlich keine Dämonen mehr da waren. Ich drehte

mich um und sah, dass die Dämonen eine Art Linie bilde-
ten, die sie nicht überquerten. Ich nahm etwas sehr Mäch-
tiges und Dunkles wahr und drehte mich um. Ich konnte
nichts erkennen und wusste dennoch, dass sich irgendetwas
hier verbergen musste. Ich spürte die Energie von etwas, das
unendlich mächtig erschien. Diese Macht war so groß, dass
man es bereits von weitem wahrnehmen konnte. Ich bewegte mich weiter zu dieser Kraft hin. Eine Art Nebel er-
streckte sich im Raum. Dieser Nebel war wie schwarze pul-
verisierte Wolken, durch die man hindurchblicken konnte.
Vor mir tat sich eine pechschwarze Wand auf. Diese Wand
war nicht glatt, sondern hatte Zacken und Unebenheiten.
Diese Wand lebte. Wie bei kochendem Wasser brodelten
auf der Oberfläche dieser Wand Blasen hervor, die entweder
zerplatzten oder wieder in sich zusammenfielen. Aus meinen Positionen heraus konnte ich die Größe der Wand
kaum erfassen. Sie schien sich endlos in alle Richtungen zu
erstrecken. Ich wusste, dass ich in diese Wand eintauchen
musste, wenn ich weiter in das zweiundzwanzigste Mysterium vordringen wollte. Ich wusste, dass die Kräfte, die ich
hier spüren konnte, eine Stärke haben, der ich keinen
Widerstand leisten konnte. Wenn ich hier eindringen
würde, dann würde mir diese Masse meine Lichtenergie
aussaugen und ich würde zum Diener dunkler Energien
werden. Ich wäre dann ein Dämon. Ich wollte mir diese
Wand aus der Nähe anschauen und bewegte mich auf sie
zu. Als ich ihr näher gekommen war, hörte das Brodeln an
einer Stelle vor mir auf. Die Wand wurde hier spiegelglatt
und lackschwarz. Aus ihrer Mitte fing sie an Formen zu
bilden. Es sah anfangs aus, als ob sich Ohren und ein Maul
abwechselnd zueinander verformten. Nach einer Zeit war
die Struktur klarer zu erkennen. Vor mir blickte ich in ein

schwarzes Löwengesicht, das aus der Wand herausragte. Ich wollte die Kraft kennenlernen, die in diesem Wesen wohnt, und fing an meine Lichtenergie auszusenden, um mich mit der dunklen Energie, die diesem Löwenwesen innewohnte, zu messen. Das Licht umkreiste es und verfing sich an der schwarzen Oberfläche des Löwengesichts. Ich bemerkte, wie das Wesen mit dem Löwengesicht darauf reagierte. Um mich herum bildete sich ein schwarzer kalter Nebel, der das Licht, das ich aussendete, zerstreute und verschluckte. Er fing an mich wie ein Magnet zu sich hinzuziehen. Ich hatte es hier mit einem sehr starken Dämon zu tun, der anfing mir meine Energie zu stehlen. Ich konzentrierte mich auf das Löwengesicht und sandte einen Strahl aus Licht aus, das den Nebel vor mir durchbrach und tief in das Löwengesicht eindrang. Ich wusste, dass ich stark genug war, um ihm standzuhalten, aber es würde schwer werden, ihn zu besiegen. Ich rief die Verbündeten zu Hilfe, um meine Kraft zu erhöhen und dem Löwengesicht meine Ebenbürtigkeit zu zeigen. Wenn man Verbündete hat, dann kann man sie herbeirufen. Es ist, wie wenn man ein Horn bläst. Die Verbündeten bemerken den Ruf und stellen ihre Kraft zur Verfügung. Sowohl der Junge als auch die anderen sandten ihre Kraft aus. Das Löwengesicht bemerkte meine Kraft und ich wusste, dass es mich als ebenbürtig erkennt. Langsam begann ich mich zurückzuziehen aus diesem finsteren Ort und tauchte ein in die Dämonen, die sich wie ein Kreis um diese schwarze Wand herum versammelt hatten. Das zweiundzwanzigste Mysterium besteht aus unterschiedlichen Hüllen und Schichten, die zur Mitte immer intensiver werden. Eine dieser äußeren Schichten sind diese losen Dämonen, die streunend umherziehen, auf der Suche nach Energie, die sie aufsaugen können. Die schwarze Wand stellt eine weitere Schicht dar, die ich noch nicht willens war zu durchbrechen. Das zweiundzwanzigste Mysterium war anders als alle anderen Mysterien. Es war ein Gegenpol zu den Mysterien des Lichts, die mit dem einundzwanzigsten Mysterium beginnen. Ohne das zweiundzwanzigste Mysterium gäbe es keine Materie und es gäbe nichts, was sich aus sich selber herausbildet, ohne zu wissen, was es ist. Eine Seele ist ein Teil dieses Lichts und wird angezogen vom Licht. Das einundzwanzigste Mysterium ist das Licht, aus dem alles kommt und zu dem alles geht, jedoch verharrt manchmal ein Teil dieses Lichts im dreiundzwanzigsten und im zweiundzwanzigsten Mysterium, um dort seine Arbeit für das vierundzwanzigste Mysterium zu verrichten. Mir war klar, dass auch ich noch eine Aufgabe zu erfüllen hatte, bevor ich in das einundzwanzigste Mysterium übergehen werde. Ich wusste nicht, was es war, ich wusste aber, was ich zu tun hatte, damit ich meine Aufgabe erhalten werde. Ich ließ die ekelhafte Finsternis hinter mir. Diese Finsternis, die sich an alles klammert, was sie bekommen konnte, und Dinge erschafft, die Gegenpole zum Licht sind. Es ist nicht so, dass man nach einem Kräftemessen, wie mit dem Löwengesicht, erschöpft ist. Ich hatte immer noch meine Energie und mein Licht. Jedoch war mir klar, dass, wenn ich den Kampf verloren hätte, ich zu einem Sklaven der Unkenntnis geworden wäre. Die Kraft des zweiundzwanzigsten Mysteriums benötigt viel Energie, und diese Energie sammelt es auf, wo es geht. Es ist nicht einfach, etwas in Unkenntnis zu halten, denn alles strebt nach Erkenntnis. Somit ist es eine Voraussetzung, dass das zweiundzwanzigste Mysterium sehr kräftig und stark sein musste, um seine Aufgabe erfüllen zu können.

DIE WELT DES KLANGES

Als ich weit genug weg war vom zweiundzwanzigsten Mysterium, wusste ich gar nicht, wohin ich ging. Ich raste mit großer Geschwindigkeit durch den Raum, der immer dunkler wurde. Es war nicht die finstere und ekelhafte Dunkelheit, die ich im zweiundzwanzigsten Mysterium wahrgenommen hatte, es war eine gemütliche Dunkelheit, die mich umgab. So als ob man die Augen schließt, die Bettdecke über den Kopf zieht und anfängt eine Traumreise zu beginnen. Nach sehr langer Zeit blieb ich stehen. In meiner Umgebung befand sich nichts außer die Dunkelheit. Irgendetwas hatte mich hierhergeführt. Ich wusste, dass ich hierbleiben sollte, und somit wartete ich darauf, dass etwas passieren würde. Mir fiel auf, dass diese Dunkelheit überhaupt keine Dunkelheit war. Dunkelheit habe ich als etwas empfunden, was eine eigene Qualität haben musste, denn in der Dunkelheit konnte man nichts sehen. Obwohl man nichts sehen konnte, konnten Dinge in der Dunkelheit existieren. Man sah diese Dinge nicht, weil es an Licht mangelte. An diesem Ort verhielt es sich anders. Hier war alles dunkel und es existierte nichts. Was ich wahrnahm, war das Nichts. In einem unfassbaren Umfang um mich herum befand sich nichts. Mir erschien es merkwürdig, dass ich existieren konnte in einem Raum, in dem nichts existierte. Wie konnte es sein, dass ich ganz allein war, im Nichts? Wenn man im Nichts ist, dann ist man das Einzige, was ist. Es existierte also nichts außer mir. Was ist das Nichts? Man ist stets versucht sich an Dingen zu orientieren. Gegenstände oder Gedanken ergeben einen Anker, an dem man sich festhält. Was ist, wenn man diesen Anker löst und sich befreit von jeglichen Anhaltspunkten? Was ist man dann und was erfährt man, wenn man ohne jegliche Fixpunkte existiert? Ich sah in die Umgebung und das Nichts fing an mir zu gefallen. Ich spürte etwas Schönes im Nichts. Hier war es still und doch nicht still. Es war hier schwarz und doch nicht schwarz. Es befand sich nichts hier und doch befand sich hier etwas von enormer Bedeutung. Ich nahm wahr, dass es hier Möglichkeiten gab. Es befand sich hier ein Potential, das genutzt werden konnte. Das Nichts war nicht nichts, sondern die Chance auf Möglichkeiten. Hier konnte alles entstehen. Es gab keine Begrenzungen, Dinge zu erschaffen. Die Frage, die sich mir stellte, war, wie man das Potential des Nichts nutzen konnte. Es verging eine sehr lange Zeit, bis ich etwas im Raum bemerkte. Es kam einem Brummen gleich. Dieses Geräusch kam aus einer bestimmten Richtung und als ich dorthin blickte, sah ich ein Licht. Dieses Licht war wie eine Röhre, die ringförmig aus einem Kern heraus immer größer wurde. Je weiter ich in dieses Licht blickte, desto reiner war es. Aus diesem Licht kam das brummende Geräusch, das sich anhörte wie »Ommmmmm«. Dieses Geräusch war das sauberste, was ich in meinem Leben je gehört hatte. Es hatte eine Reinheit und Schönheit, zu der ich mich hingezogen fühlte. Dieses »Ommmmmm« war ein Geräusch, das noch nicht durch irgendetwas anderes, mit dem es in Kontakt gekommen war, verunreinigt war. Ich wusste, dass es dieses Geräusch war, das das Licht in diesem Nichts verursachte. Es war so, als ob das Geräusch die Entstehung von etwas verursachen konnte. Vor kurzem befand sich noch nichts hier und auf einmal entsteht ein Geräusch, das sich in etwas wie Licht oder einer Form manifestieren konnte. Ich erinnerte mich an einen Text, den ich einmal gelesen hatte. Es hieß: »Im Anfang war das Wort, und das Wort war bei Gott, und Gott war das Wort. Dasselbe war im Anfang bei Gott. Alle Dinge sind durch dasselbe gemacht, und ohne dasselbe ist nichts gemacht, was gemacht ist.« Plötzlich verstand ich diesen Text. Man konnte das Wort »Wort« auch mit dem Wort »Klang« ersetzen. Um eine Welt wie das vierundzwanzigste Mysterium zu erschaffen, in der Materie erlebt werden kann, bedarf es einer Frequenz als Auslöser. Es ist, wie wenn man ein Feuer entzünden möchte und man einen Funken hierzu benötigt. Die Frequenz erschafft aus dem Nichts etwas, das ist und sich in der Existenz hält, solange diese Frequenz existiert. Sollte jemals die Frequenz des vierundzwanzigsten Mysteriums aufhören, dann würde das vierundzwanzigste Mysterium im selben Moment aufhören zu existieren. Das bedeutet, dass das gesamte vierundzwanzigste Mysterium einer Illusion gleicht. Genauso wie die Projektion eines Projektors ein Bild an die Wand wirft, so wirft diese Frequenz etwas in das Nichts, das dadurch etwas in Existenz hält, solange die Frequenz existiert. Früher habe ich alles als separiert voneinander wahrgenommen. Es gab mich und die anderen. Die anderen oder auch Gegenstände hatten mit mir nichts zu tun, denn sie waren nicht ich. Ich empfand, dass ich mein Körper war und dieser mit anderen Dingen nichts zu tun hatte. Nun erkannte ich, dass ich immer unmittelbar mit dieser Frequenz verbunden war, welche die letzten drei Mysterien in Schwingung hielt. Es ist wie ein Maler und ein Bild. Ich erkannte, dass der, der das Bild malt, vom Bild nicht getrennt war. Ohne die Frequenz gab es nichts, was sich manifestieren konnte, denn die Frequenz enthält alle Informationen, die dazu benötigt wurden, um im Nichts etwas zu manifestieren. »Nichts« war das falsche Wort für nichts, denn das Nichts war ja nicht nichts. Das Nichts war ein Potential, das einer Frequenz zur Nutzung zur Verfügung stand. Ich benannte das Nichts um in »Zustand unendlicher Möglichkeiten«.

DIE RÜCKKEHR

Wenn man mit seinem Verstand versucht, herauszufinden, was etwas ist, dann erhält man eine Erklärung, die auf Beobachtungen und Untersuchungen basiert. Man definiert etwas aufgrund von Eigenschaften wie Temperatur, Farbe oder Geschmack und klassifiziert diesen untersuchten Gegenstand. Man gibt diesem Gegenstand Namen. Dieser Gegenstand wird von außen betrachtet wahrgenommen und beschrieben. Die Betrachtung von außen führt zu einer verzerrten Wahrnehmung des Gegenstandes und folglich zu einer falschen Wahrnehmung des Gegenstandes. Wenn man mit dem Verstand etwas herausfinden möchte, dann entstehen Gedanken. Diese Gedanken sind losgelöst von der zugrundeliegenden Sache. Man kann mit seinem Verstand seine Zukunft planen oder man kann seiner Intuition folgen. Während der Verstand es erfordert, dass man nachdenken muss, ist die Intuition in der Lage, unverzügliche Handlungsempfehlungen zu geben. Ich bemerkte, dass es hier überhaupt keine Gedanken gab. Alles schien unverzüglich zu erscheinen oder wieder zu verschwinden. Meine Handlungen basierten auf diesem intuitiven, unverzüglich in Erscheinung tretenden Wissen. Es ist so, als ob mir jemand eine Information über etwas bereitstellt. Diese Information beinhaltet alles, was ich wissen muss, und deshalb ist es nicht notwendig, weiter Gedanken darüber zu verschwenden. Gerade war so ein Moment. Es kam ein Wissen in mir auf, über etwas, das ich zu tun hatte. Der Wille, etwas zu erledigen, kam von außen und war gleichzeitig mein Wille. Dieses Gefühl, dass etwas von außen den gleichen Willen hat wie ich, stärkte meine Entscheidung, diese kommende Mission auszuführen. Diese Mission hatte im vierundzwanzigsten Mysterium stattzufinden. Ich spürte, dass ich im vierundzwanzigsten Mysterium etwas zu erledigen hatte. Es ging darum, die Unkenntnis unter den Menschen in Balance zu halten und den Kräften der Unkenntnis entgegenzutreten. Ich musste für ein Gleichgewicht zwischen den Kräften sorgen und eine Offenbarung abgeben, die Auswirkungen auf die Menschheit haben wird. Ich war mir vollständig darüber im Klaren, was ich zu tun hatte. Ich musste jemand Geeigneten finden, dem ich eine Erkenntnis übergebe, die dieser Mensch verbreitet. Ich musste zurück ins dreiundzwanzigste Mysterium, um eine Verbindung mit einem Menschen einzugehen. Ich verließ diesen Ort, der mir gezeigt hatte, dass das Nichts ein Zustand unendlicher Möglichkeiten ist, und ging zurück ins dreiundzwanzigste Mysterium. Das dreiundzwanzigste Mysterium erschien in einer mir bekannten und farbenfrohen Landschaft. Ich befand mich auf einer endlos erscheinenden Wiese. Auf dieser Wiese wuchsen unzählige Blumen, deren Blüten in den unterschiedlichsten Farben vorkamen. Manche Blüten waren glänzend und andere matt. Einige waren so leuchtend und intensiv, dass ich sie von weitem aus sehen konnte, während andere Blüten eher unscheinbar waren. Ich bemerkte, dass es keine Blüten gab, die am Verwelken waren, denn alle Blüten erschienen in ihrem idealen Zustand. Die Blüten unterschieden sich in ihrer Größe und in ihrer Form. Ich konnte keine Blume erkennen, die einer anderen exakt gleicht. Es war, als ob jede Blume eine andere Spezies wäre.

Dieses leuchtende Blumenmeer aus unfassbar vielen Ausprägungen verschiedenster Blumen fing mir an sehr zu gefallen. Ich betrachtete viele dieser Blumen und konnte spüren, dass sie lebten. Ich nahm ihre Lebenskraft wahr. Nach einer Zeit erschien es mir, als ob die Blumen ihre Farben intensivieren würden. Ich bemerkte, dass sich aus den Blüten kleine Fäden herausbildeten. Es waren dünne Fäden, die sich nach oben schlängelten. Die Fäden wurden immer länger und begannen sich in immer schnellerem Tempo Richtung Himmel zu bewegen. Um mich herum befand sich ein Meer aus dünnen Fäden, die in den unterschiedlichsten Farben leuchteten. Jeder dieser Fäden erstrahlte nicht nur in der Farbe der Blüte, aus der er entsprungen war, sondern leuchtete in wechselnden neonhaften Farben. Ich wusste, dass jeder dieser Fäden eine Visualisierung eines Menschen war, der gerade lebte. Ich blickte in eine unendliche Weite voller leuchtender Fäden, welche die energetische Information des jeweiligen Menschen widerspiegelte. Ich fokussierte mich auf einen Faden und konnte in diesem Moment alles über den jeweiligen Menschen erfahren. Es erschien mir etwas merkwürdig, denn wie konnte es sein, dass man alles über einen Menschen einfach so vor sich sieht? Üblicherweise wurde das Leben als komplex wahrgenommen und ein Mensch erlebt in einem Leben unzählige Dinge, an die er sich oftmals gar nicht mehr erinnern kann. Und jetzt erkannte ich, dass alles, was ein Mensch erlebt hatte, auf einen Blick erkennbar war. Ein Mensch kann sich in einem Augenblick nur auf ein paar Dinge konzentrieren. Alles andere ist in diesem Moment ausgeblendet. Durch diesen Umstand erscheint ihm alles sehr kompliziert. In Wirklichkeit existiert keine Komplexität. Alles kompliziert Erscheinende sieht nur aus der Sichtweise eines Menschen kompliziert aus. Betrachtet man die Dinge aus einer anderen Sichtweise, dann sieht man, dass das Erfahren von Kompliziertheit ein spezifisches Erlebnis ist, das für den Menschen gedacht ist. Ich ging durch ein Meer voller Fäden, die mir alles über einen jeden lebenden Menschen verrieten. Ich dachte an meine Aufgabe. Ich wollte jemanden finden, der geeignet war, um etwas zu tun, was bei den Menschen in Zukunft von größter Bedeutung sein würde. Ich wusste, dass ich diesen Menschen an seinem Faden erkennen konnte. Es musste ein Faden sein, der mir auf eine besondere Art und Weise auffiel. Ich lenkte meine Aufmerksamkeit auf mein Vorhaben. Ich lief durch die Wiese und an all diesen Fäden vorbei und wartete darauf, dass dieser eine Mensch mir begegnen würde. Nach einer Weile fiel mir ein Faden auf, der keine Farben hatte. Der Faden erschien mir als weiß. Er bewegte sich nicht und verlief senkrecht in den Himmel. Ich wusste, dass dieser Faden etwas Besonderes war. Sein weißes Äußeres war das Zeichen, dass ich diesen Menschen wählen musste. Ich lief zu dem Faden hin und betrachtete ihn aus der Nähe. Ich berührte ihn, um den Menschen zu sehen, der sich hinter diesem Faden befindet.

JASON BRANCATELLI

Jason war 33 Jahre alt und an Durchschnittlichkeit nicht zu überbieten. Sein ganzes Leben bestand aus Durchschnittlichkeit. Er war in nichts sehr gut und in nichts sehr schlecht. Er war weder ein sehr guter noch ein sehr schlechter Schüler gewesen. Er hatte nie den Sinn von Kindergärten und Schulen verstanden. Für ihn war es merkwürdig, morgens von zuhause wegzugehen und den halben Tag mit anderen Kindern in einem Zimmer zu verbringen, in dem jemand vorne an der Tafel steht und irgendetwas erzählt. Er stellte sich die Frage, ob es nicht schöner wäre, jetzt ein Seefahrer zu sein oder in der Natur eine Hütte zu bauen. Dieses Gerede über Erdkunde, Sprachunterricht oder Mathematik erschien im wertlos. Sein größtes Argument für die Wertlosigkeit dieses Lernens war, dass er das Erlernte sowieso sehr schnell wieder vergaß und dass er sich nicht wirklich gut dabei fühlte. Wie kann etwas gut sein, bei dem man sich nicht gut fühlt? Er wusste, dass es für ihn keinen Ausweg aus dieser Situation gab, und somit freute er sich immer auf die Pausen, in denen er mit anderen Kindern spielen konnte. Sein späteres Wirtschaftsstudium begeisterte ihn anfangs sehr und er lernte viel. Seine Noten waren anfangs sehr gut, jedoch bemerkte er bald die Sinnlosigkeit seines Studiums und war froh, als er es beendet hatte. Er hatte kein großes Wissen und dennoch eine Intelligenz, die dazu führte, dass er in der Gesellschaft überleben konnte. Er arbeitete im Einkauf bei einer Teppichreinigungsfirma und war verantwortlich für den gesamten Einkauf von Hilfs- und Betriebsstoffen, die für den Betriebsablauf benötigt wurden. Er hatte nicht viele Freunde. Er war aber auch kein Einzelgänger. Viele seiner Freunde besuchten ihn, weil er immer gekühlte alkoholische Getränke vorrätig hielt. Ab und an ging er ins Fußballstadion. Er ging nicht zu einem Fußballspiel, weil er Fußball schauen wollte, sondern weil er mit seinen Freunden unterwegs sein wollte. Die Freunde, die er hatte, waren ebenfalls ziemlich durchschnittlich. Er wusste, dass ein Großteil seiner Freunde keine echten Freunde waren und er sich nicht wirklich auf sie verlassen konnte. Gleichzeitig sah er aber auch keine Möglichkeiten, echte Freunde zu finden. In seinem Leben hatte er mehrere kurze Affären mit Frauen. Meistens waren die Frauen von seiner Belanglosigkeit nicht sehr lange angetan und trennten sich relativ schnell wieder. In seiner Jugend hatte er eine Affäre mit einer Frau, an die er sich gerne erinnerte. Sie war im gleichen Alter wie er und genauso durchschnittlich. Sie waren einige Monate zusammen, ehe er von ihrer Belanglosigkeit so müde geworden war, dass er mit der Beziehung Schluss machte. Er war kein extrovertierter Mensch und beim Flirten mit Frauen tat er sich schwer. Er hatte das Gefühl, dass er bereits in dem Moment, in dem er eine Frau ansprach, etwas falsch machte. Diese Unsicherheit spürten die Frauen und daher verliefen die meisten seiner Versuche erfolglos. Gleichfalls fehlte es ihm an Hartnäckigkeit bei seinen Eroberungsversuchen. Er versuchte sich in den unterschiedlichsten Sportarten, bei denen er nie richtig gut war, und hörte bald damit wieder auf. Ihm gefiel es nicht, irgendetwas zu machen, in dem er keinen Sinn sah oder in dem er nicht wirklich gut war. Und da er in den Sportarten nicht wirklich gut war, gefielen sie ihm auch nicht. Aufgrund mangelnder Freizeitbeschäftigungen füllte er seine Freizeit mit Filmen und Serien aus. Er wusste gar nichts Sinnvolles mit seiner Freizeit anzufangen, und somit ließ er sich durch das Fernsehen oder Computerunterhaltung berieseln, bis er bereit war schlafen zu gehen. Er wusste gar nicht, warum die meisten Menschen sich mehr Freizeit wünschten. Denn was sollte man denn mit dieser Freizeit machen, außer dass man diese mit elektronischen Geräten verbringt. Er mochte keine Technik und verbrachte dennoch die meiste Zeit mit seinem Smartphone oder mit dem Schauen von Serien oder Filmen. Diesen Widerspruch erklärte er sich mit dem Mangel an interessanten Alternativen, denen er sonst nachgehen würde. Er stellte sich selbst die Frage, was man denn Schönes tun könnte ohne diese Technik, und kam zu keinem Ergebnis. Von außen betrachtet war Jason ein ungeeigneter Kandidat für mein Vorhaben. Aus welchem Grunde sollte so jemand für das Vorhaben ausgewählt worden sein? Ich erkannte, dass alle seine Eigenschaften unnütz waren, bis auf eine. Er hatte eine Eigenschaft, die kein anderer hatte. Er war bereit das zu tun, was getan werden musste. Es ist ein Unterschied, ob man denkt, dass man zu etwas bereit ist, oder ob man wirklich bereit ist. Die meisten Menschen, die man fragt, ob sie für etwas bereit wären, sagen ja oder nein, ohne wirklich selbst zu wissen, ob sie geeignet dafür wären. Jason war in diesem Moment genau der Richtige. Die Definition, ob jemand der Richtige ist oder nicht, ergibt sich aus der Frage, ob man mit all seinem Wesen und all seiner Energie bereit für etwas ist. Bei ihm war klar, dass seine Zukunft einen Verlauf nehmen würde, der genau übereinstimmt mit dem Vorhaben.

Ich musste mich ihm vorsichtig nähern. Der Grund,

warum ein Mensch aus dem vierundzwanzigsten Mysterium die höheren Mysterien nicht erkennen kann, ist, weil das vierundzwanzigste Mysterium und alles, was darin besteht, nicht mit den entsprechenden Sinnen und Erkenntnissen ausgestattet ist, um die höheren Mysterien zu bemerken. Wenn ich auf direkte Art und Weise Kontakt mit ihm aufnehmen würde, dann würde er seinen Verstand verlieren und wäre für das Vorhaben unnütz. Ich musste sein festgefahrenes Weltbild erschüttern und äußerst behutsam und vorsichtig dabei vorgehen. Am Anfang fing ich an, ihn wiederkehrende Zahlen sehen zu lassen, die für ihn erstmal keinen Sinn ergaben. So ließ ich ihn nachts um drei Uhr und 33 Minuten aufwachen, in seine Küche gehen und auf seine Wanduhr blicken. Bei den ersten Malen hielt er dies für einen Zufall, jedoch erschien es ihm nach einer Weile merkwürdig. Er recherchierte dann nach solchen Phänomenen im Internet und fand eine Seite, die etwas über die innere Uhr des Menschen erzählte. Er glaube dann erstmal, dass es seine innere Uhr sei, die dieses wiederkehrende Wachwerden um drei Uhr dreiunddreißig verursachte. Er erzählte es seinen Arbeitskollegen, die ihm berichteten, dass sie auch schon zu bestimmten Uhrzeiten wach geworden sind und dass es bald vorbeigehen würde. Um seinen Glauben an die Realität weiter zu erschüttern, fing ich an, dass er sein Smartphone oftmals zu einer Uhrzeit in die Hand nahm, in der die Minute 33 angezeigt wurde. Dies fand er nach einiger Zeit verwunderlich, störte sich aber nicht weiter daran. Ich fing nun an, ihn die Zahl 3333 mehrfach täglich sehen zu lassen. Er sah sie auf Autokennzeichen, auf Rechnungen oder im Fernsehen oder Internet. Ich ließ ihn die Zahl so oft sehen, bis er anfing an der Realität zu zweifeln. Er fing an dieses Erscheinen der Zahlen als merkwürdig zu empfinden, und es war an der Zeit, einen Schritt weiter zu gehen. Immer wenn er einen Moment hatte, in dem er nicht so sehr an seinen Verstand gebunden war oder ihm etwas bemerkenswert Unnatürliches auffiel, ließ ich einen Vogel über ihn fliegen. Nach einer Weile bemerkte er, dass sich die Vögel merkwürdig verhielten, und er bemerkte auch, wann sie sich merkwürdig verhielten. Er fing an sich für übernatürliche Phänomene zu interessieren und ich ließ ihn für einige Zeit in Ruhe. Als er bemerkte, dass diese Phänomene der Zahlen und der Vögel anscheinend verschwunden waren, und er sich fragte, ob er sich das Ganze wohl nicht nur ausgedacht hätte, fing ich wieder an ihn Zahlen und Vögel sehen zu lassen. Um seinen Verstand endgültig zu erschüttern, nahm ich einen umfassenderen Eingriff vor. Er besaß einen üblichen Besteckkasten mit Metallbesteck. Sein Lieblingsbesteck war allerdings ein Holzlöffel. Er aß alles, was man mit einem Löffel isst, mit diesem Holzlöffel. An einem Abend benutzte er diesen Holzlöffel und legte ihn in seinen Besteckkasten. Ich entfernte diesen Löffel. Am nächsten Tag wollte er den Holzlöffel holen, um ihn für seine Suppe zu verwenden, und bemerkte, als er die Schublade geöffnet hatte, dass der Holzlöffel verschwunden war. Er suchte die ganze Küche nach diesem Holzlöffel ab und konnte ihn nicht finden. Einen Tag später dachte er, dass er ihn übersehen haben musste, und durchsuchte erneut die ganze Küche und den Besteckkasten. Er wunderte sich sehr, wo sein Holzlöffel abgeblieben ist. Am nächsten Tag legte ich diesen Holzlöffel wieder in den Besteckkasten. Als er von der Arbeit heimkam und sich etwas zu essen machte, öffnete er den Besteckkasten und sah diesen Löffel. Nun hatte ich ihn ein ganzes Stück weiter. Er war sehr erstaunt und verwundert, wieso dieser Holzlöffel sich wieder im Besteckkasten befindet. Er hinterfragte seinen eigenen Verstand. Er wusste, dass er diesen Besteckkasten mehrfach durchsucht hatte, und er war sich absolut sicher, dass dieser Löffel nicht in diesem Kasten war. Er dachte darüber nach, ob sich irgendjemand in seiner Abwesenheit in seine Wohnung geschlichen haben konnte und ihm einen Streich spielte. Er wusste aber, dass niemand außer seinem Vermieter einen Schlüssel zur Wohnung hatte. Er dachte über Einbrecher nach, jedoch lag das Geld, welches er immer in eine Schale neben dem Telefon legte, noch an seinem Platz und ein Einbrecher hätte sofort das Geld gesehen und mitgenommen. Er fing an sich ernsthafte Gedanken zu machen und laut in den Raum zu rufen, ob hier irgendjemand sei. Er fing an nervös zu werden und schaute sich in seiner Wohnung um. Er lief in seiner Wohnung auf und ab. Nachdem er sich etwas beruhigt hatte, setzte er sich auf das Sofa und schaltete den Fernseher ein. In dem Moment, in dem er den Fernseher einschaltete, erkannte er, dass es 33 Minuten nach acht Uhr war. Eine Moderatorin interviewte eine Frau, die ein T-Shirt anhatte, auf dem die Zahl 33 aufgedruckt war, und sie dabei fragte, warum sie seit ihrem 33. Lebensjahr aufgehört hatte Fleisch zu essen. In dieser Nacht konnte Jason kaum schlafen. Er dachte daran, dass das wiederkehrende Sehen der Zahl 33 und 333 sowie 3333 kein Zufall sein konnte. Das Verschwinden des Holzlöffels ließ ihn in hohem Maße an seinem Verstand zweifeln. Als er morgens zur Arbeit ging, war er sehr müde. Um zur Arbeit zu gelangen, musste er ein paar Stationen mit dem Bus fahren. Von dort aus hatte er noch einen kurzen Fußweg, bis er an seiner Arbeitsstelle ankam. Ich nutzte den Moment und ließ ihn etwas sehen, das ihm den Glauben an seine Wahrnehmung erschüttern sollte. Als er aus dem

Bus ausstieg, fiel ihm eine Frau auf, die auf der gegenüberliegenden Straßenseite lief. Sie kam ihm bekannt vor, und er schaute die ganze Zeit zu ihr herüber. Es war Leisia. Leisia war eine Jugendfreundin von Jason. In der Kindheit trafen sie sich häufig auf dem Spielplatz. Später, als sie Jugendliche waren, gingen sie ins Kino oder verbrachten ihre Freizeit miteinander. Er hatte Leisia seit vielen Jahren nicht mehr gesehen. Er wusste, dass sie in einer anderen Stadt lebt, und daher erschien es ihm sehr verwunderlich, Leisia morgens auf der Straße zu begegnen. Er wollte sie unbedingt sehen und rannte über die Straße, direkt auf sie zu. In dem Moment, wo er anfing zu rennen, fing auch Leisia an zu rennen. Er fragte sich, wieso sie von ihm fortläuft. Hatte sie ihn etwa bemerkt und wollte ihn nicht sehen? Er rief ihren Namen, aber sie drehte sich nicht um. Er rannte, so schnell er konnte, und hatte sie fast eingeholt. Er war nur noch zehn Meter hinter ihr, als Leisia in einer kleinen Buchhandlung verschwand. Jetzt konnte sie ihm nicht mehr entkommen, dachte er, und verlangsamte seinen Schritt. Er öffnete die Tür der Buchhandlung und sah, dass sich außer der Verkäuferin niemand im Raum befand. Er war völlig außer Atem und fragte die Verkäuferin, die ihn aufgeregt anstarrte, wo Leisia sei. Als die Verkäuferin ihm mitteilte, dass sich außer ihm hier niemand befindet, wurde ihm kurzzeitig schwarz vor Augen. Er blickte sich um und sah, dass sich tatsächlich niemand im Raum befand. Er war mit seinen Nerven am Ende und dachte darüber nach, ob er seine geistige Zurechnungsfähigkeit verloren hätte.

Mit der Zeit gewöhnte er sich an diese Ereignisse, die ich ihm täglich bescherte. Er begann sie amüsant zu finden und freute sich über jedes mit seinem Verstand nicht nachvollziehbare Ereignis. Am Anfang sprach er mit ein paar

Freunden über seine Erlebnisse und bemerkte, dass diese mit seinen Berichten über sonderbare Vorfälle nichts anfangen konnten und sogar anfingen ihn zu meiden. Er hörte dann auf darüber zu erzählen und fing an alles in einem Buch niederzuschreiben. Er las halbwissenschaftliche Bücher über die Existenz von Außerirdischen oder über die Entstehung des Universums. Sein besonderes Interesse galt alten Kulturen wie der Kultur der Mayas oder der Ägypter. Es dauerte vier Jahre, bis ich Jason die Wirklichkeit näherbringen konnte. In diesen vier Jahren verschwand die Identifikation mit seinem Verstand. Die Welt war für ihn zu einem Mysterium geworden. Er konnte die Magie in allem sehen. In diesen vier Jahren versorgte ich ihn mit allem Wissen, das notwendig war, um seine spätere Aufgabe zu erfüllen.

Er war bereit für seine nächste Veränderung. Ich fing an, ihm in seinen Träumen Informationen zu übermitteln, die mit Worten nicht zu beschreiben sind. Diese Informationen nahm er als Gefühle wahr, die lebendig sind und ihn endgültig veränderten.

Diese Gefühle sind ansatzweise mit den folgenden Worten zu beschreiben.

Ich sehe dich
Ich sehe dich
Ich sehe dich
Als ein Mitglied einer Nation
Als ein Mitglied einer Unternehmung
Als ein Mitglied einer Schule
Als ein Mitglied einer Religion
Als ein Mitglied eines Abschlusses
Als ein Mitglied von Verhaltensweisen
Als ein Mitglied deiner Frau
Als ein Mitglied deines Mannes
Als ein Mitglied deiner Familie
Als ein Mitglied sehe ich dich
Als ein Mitglied kenne ich dich
Und deshalb
Sehe ich nichts
Denn
Identifikation ist Limitation

Du denkst
Du denkst
Du denkst
Du denkst
Du denkst
Du denkst
Du denkst
Du denkst
Du denkst
Du denkst
Du denkst
Du denkst
und
Du denkst

Die, die wissen, werden wissen
Zu wissen bedeutet
Eine Sprache zu sprechen, die niemand versteht
Zu fühlen, dass alles Energie ist
Distanz eine Illusion
Zeit ist dazu da, mich festzubinden
In eine Welt voller Fesseln
In einer Welt voller Illusionen
Zu wissen bedeutet
Wissen, dass man immer lebendig ist
Um das zu wissen, muss man sich selber kennen
Die Realität denkt nicht
Die Realität existiert

Dieses Reich, das man Universum nennt
Ist eine Schule
Es hat ein Ziel
Dinge zu sehen, die man sehen kann
Im Detail
Von unten und von oben
Der Himmel ist hier und dennoch weit weg
Für deine zwei Augen
Das Leben ist ein Mysterium
Es ist meine Geschichte
Meine Geschichte ist
Die Frucht zu sehen
Und nicht zu wissen, was es ist
Bis ein Wunder geschieht
Und das Wissen aufersteht

Was ist wahre Liebe?
Eine Frage von unten
Für die, die es nicht wissen
Liebe ist deine Herkunft
Liebe ist deine Seele
In ihrem höchsten Zustand
Zerbersten vor Energie
Überall sein
Eins sein
Mit allem
Ekstatisch
Energetisch
Aus Sicht des Lichts
Ekstatisch und energetisch
Ist täglich
Die Frage ist irrelevant
Für die, die in Liebe sind

Wenn du traurig bist
Wenn du dich ungeliebt fühlst
Wenn du dich verraten fühlst
Wenn du dich missverstanden fühlst
Wenn du verwirrt bist
Wenn du müde bist
Denke immer daran
Der Tanz beginnt bald wieder von vorne
Wenn du wieder in einer normalen Umgebung bist
Also genieße diese Pause
In einem unbewussten Zustand
Um zu feiern
Die Erfahrung, die du einst beschlossen hattest zu erfahren

Seine Gedanken waren voller Wörter
Wörter, die immerzu aufkamen
Jeden Tag
Den ganzen Tag
Als er ein kleines Kind war
Unschuldig
Natürlich
Wörter hatten keine Bedeutung
Er dekodierte seine Umwelt mittels Geräuschen und
genoss es
Als er in die Welt der Sprache eingeführt wurde
Ein Programm, das sie Sprache nannten
War er nicht mehr derselbe
Er wurde zu jemand anderem
Transformiert
Uniformiert
Er änderte seine Gesinnung
Und löschte Sprache
Aus seinem Kopf

In den Schriften steht
Wenn du jemandem begegnest, der nicht von einer Frau
geboren wurde,
Knie nieder und ehre ihn, denn er ist dein Vater
Viele Informationen
Sind in dich gepflanzt
Verzerrt
Lösung
Sehen, was du nicht sehen kannst
Ist
Sehen mit einem Auge
Ist
Die Wahrheit sehen
Ist
Sehen, was ist

Sie reden über Zufälle
Ohne die Vorfälle zu erkennen
Welche die Struktur geben
In der Welt, in der wir leben
Ihr Verstand blüht
In ihrem Mikrokosmos
Erklärung des Verstandes
Alles ist ein Unfall

Einige sind auserwählt
Ausgeworfen aus der Matrix
Dualität
Separierung
Genieße den Ausblick
Sieh das Göttliche
Und wisse, dass der Nektar dich berührt hat
Bist du berührt
Wirst du dir bewusst
Bewusst über das, was andere nicht sehen
Weil
Sie unbewusst sind über ihre Unbewusstheit

Manchmal weißt du nicht
Was du machen sollst
Was richtig ist
Was falsch ist
Wenn du ein Wissender wirst
Ein Wissender der zwei Welten
Du weißt
Es ist, wie es sein soll
In zwei Dimensionen zur selben Zeit
Eine Dimension voller Unbewusstheit
Und
Eine Dimension voller Bewusstheit
Fühle die Energie der wirklichen Welt
Ist
Die Magie zu sehen
Bevor du Magie wirst

Technologie
Sie sagen, es macht dein Leben besser
Aber sie verstehen nicht
Integration
Überfluss
Verbundenheit
Ist vorhanden
Hat immer existiert
Sie identifizieren sich mit
Technologie
Sie werden eins mit einem Stück Materie
Technologie ist gut
Bis sie zu deinem Meister wird
Und sie dich zerreißt
Von deiner Unendlichkeit
Sie haben vergessen, was sie sind

Die Heimat deiner Seele
Ekstatisch
Energetisch
Ultramagnetisch
Keine Existenz
Überall Existenz
Sich in alles manifestieren
Sich auflösen
Verwirrt
Nicht ein bisschen
Bald wirst du verstehen

Superkräfte
Supernatürlich
Superleitfähig
Schweben ohne Grenzen
Ohne Grenzen?
Ja, ohne Grenzen!
Keine Werkzeuge notwendig?
Nein, keine Werkzeuge notwendig!

Emotionen, sauber und klar
Kennen keine Ängste
Sind Reinheit
Bis sie ersetzt werden durch Aufmerksamkeit
Aufmerksamkeit als Wesen
Ein Zustand, der zeigt, was man ist
Emotionen sind energetische Bewegungen
Bewegungen, die überall sind
Bewegungen, die sich in dich festsetzen
Du entscheidest

Durch diese Welt zu gehen
Eine Welt zu erfahren
Unbewusstheit
Ist sie für dich gemacht
Dass du erfährst, wie es ist
Unwissend über dich selbst zu sein
Weil du dies wolltest
Es ist deine Welt
Nicht die Welt von anderen
Wie willst du sonst wissen, wie es ist
Zu glauben, was du glaubst
Ohne es zu erfahren
Wisse immer
Wir sind bei dir
Zu jeder Zeit

Hast du die Vergangenheit erlebt?
Hast du die Zukunft erlebt?
Erleben findet jetzt statt
In diesem Moment
Sei immer im Jetzt
Wie Vögel am Himmel
Dein Verstand
Ist er ein Werkzeug?
Erzeugt, was nicht existiert?
Zeit
Verleitet dich
Um dich zu verführen
In ihre Welt
In ihre Welt?
In ihre Welt!

Okay ...
Okay ...
Mille grazie
Grazie mille
Bene
Okay ...
Bene
Molto bene
Bellissima
Ohhhh
Amore
Amore, amore, amore
Bellissima
Okay ...
Molto bene
Okay

Durch die Galaxie zu fliegen
Ist keine Fantasie
In dem Moment, wo du entscheidest
Den Schalter umzulegen
Um etwas altes Bekanntes zu werden
Faszinierend
Beschleunigend
Unglaubliche Erfahrung
Und
Du bist nicht mehr
Draußen

Synchronität
Ist überall
Ist in uns
Wir sind sie
So wie Materie nicht ohne Zeit existiert
Existiert dein Erdenselbst nicht ohne Materie
Materie und Raum
Sind verheiratet
Und tanzen zusammen
Einen zeitlosen Tanz purer, eleganter Synchronität
Vom Anfang bis zum Ende
Choreographiert

Wenn du dein höheres Selbst rufst
und
Es erkennst
Es wird dich spiegeln und erkennen
Du fängst an zu fühlen, dass Zeit eine Illusion ist
Es ist ein Konstrukt, um das Bild abzutasten
Es ist ein Feld, das sich selber betrachtet
Und dann fängt eine Blüte in dir an zu blühen
Weil du in deiner höchsten Form erscheinst
Weil die edelsten Wünsche in dir sind
Weil du das Licht siehst
Weil das Göttliche anfängt
Mit dir zu tanzen

Diese Dimension existiert
Um einen Raum der Dualität zu erschaffen
Gefangen
Freigelassen
Liebe
Hass
Wissen
Unkenntnis
Besessen
Nicht besessen
Genieße diese Reise

Jason Brancatelli war jetzt bereit für seine neue Aufgabe. Er hatte die totale Kontrolle über seinen Verstand und seine Sinne übernommen. Er nahm das Leben auf eine mystische Weise wahr, die er in seinem bisherigen Leben noch nicht kennengelernt hatte. Seine intuitiven Fähigkeiten waren in einer Weise geschärft, dass er Gefühle und Gedanken anderer wahrnehmen konnte. Dies betraf nicht nur Menschen, sondern er konnte auch Energien von Tieren und Pflanzen spüren. Er glaubte nicht mehr, dass mehr existiert, als ihm in seinem bisherigen Leben erzählt wurde, er wusste, dass dieses gesamte Universum ein sensationelles Mysterium war. Für ihn war diese Welt wie die Spielzeugwelt für ein Kind. Jeder Tag kam ihm vor, als ob er sich in einer experimentellen Welt befand, die man nicht nur von außen, sondern auch von innen erfahren konnte. Das Leben war, als ob man etwas umgedreht hätte. Anstatt etwas von oben zu betrachten, hatte er die Möglichkeit, alles von innen heraus zu betrachten. Er spürte seine Verbindung zu seinem höheren Ich und vertraute diesem. Er nannte dieses höhere sein wirkliches Ich. Sein Körper kam ihm wie ein sehr nützliches Vehikel vor, auf das er sorgfältig achtgab. Die Begrenztheit seines Körpers kam ihm nicht mehr als Makel vor, denn das war der Preis, den man zu zahlen hatte, wenn man die Möglichkeit haben möchte, diese Welt aus einer sehr detaillierten Ansicht zu betrachten. Sein höheres Ich war sein Meister, dem er vertraute, und er passte auf, dass er alle Zeichen wahrnahm, die ihm erschienen. Er trug immer ein Notizbuch bei sich, um ungewöhnliche Vorfälle festzuhalten. Er wusste, dass er mit seinem Wissen und seinen Erlebnissen etwas anfangen musste. Alles, was ihm geschehen war, war nicht einfach so passiert, sondern irgendetwas hatte ihn ausgewählt, um etwas zu tun, was getan werden musste.

LEIDEN

Jason Brancatelli erkannte, warum Menschen leiden. Denn jede Erfahrung, die erlebt wird, hat eine Relevanz. Erfahrungen, die als nicht schön empfunden werden, haben auch einen Wert. Aus dem Blickwinkel des Diesseits ist es schwer zu verstehen, dass negative Erfahrungen existieren. Diesen Erfahrungen einen Wert beizumessen, kann für jemanden, der leidet, kaum nachvollzogen werden. Um zu verstehen, warum das Leid überhaupt existiert, muss man die Ursachen des Lebens betrachten. Das Universum wurde aus einer anderen Dimension heraus erschaffen. Hierbei wurde eine Frequenz erzeugt, welche dann Materie, Raum und Zeit in Existenz gebracht hat. Diese Frequenz erhält die für dieses Universum geltende Ordnung am Leben. Sollte diese Frequenz geändert werden, dann würde sich unverzüglich das gesamte Universum nach den Vorgaben dieser Frequenz ändern. Ziel dieses Universums ist es, sich selbst von innen heraus wahrzunehmen, beeinflusst zu werden von anderen Dimensionen oder andere Dimensionen zu beeinflussen. Um etwas ganzheitlich wahrnehmen zu können, hilft es, sich sehr auf diese Sache einzulassen. Je mehr man in eine Sache eintaucht, desto mehr kann man von ihr erfahren. Wie man beim Anschauen eines spannenden Filmes für eine kurze Zeit alles andere vergisst, so vergisst man, während man Zeit in dieser Dimension verbringt, sein wahres Selbst. Wenn einem Leid im Leben widerfährt, dann ist es so, als ob man sich mit dem Protagonisten eines Filmes identifiziert und dessen Leid als sein eigenes Leid wahrnimmt. Das höhere Bewusstsein hat eine bewusste Entscheidung getroffen, eine Erfahrung in diesem Universum zu haben. Diese Entscheidung wurde von einem anderen Blickwinkel und Wissensstand getroffen. Das Resultat der Entscheidung des eigenen höheren Bewusstseins sieht man in diesem Universum. Dieses Universum ist ein Tummelplatz für fragmentiertes Bewusstsein. Das Ziel ist es, zu erleben, wie es ist, nicht zu wissen. Hierzu muss man aus der höheren Dimension in eine Dimension wie diese herabsteigen. Es ist notwendig, die höheren Dimensionen zu vergessen. Dieses Universum soll als alles, was existiert, wahrgenommen werden. In diesem Universum, in dem kein Wissen vorhanden ist, beeinflusst man dann andere und wird von anderen beeinflusst. Etwas zu beeinflussen, ohne zu wissen, führt zu Leiden. Den Menschen wurde das Wissen genommen, was sie wirklich sind und dass der Tod nicht das Ende ist. Hierdurch erlebt der Mensch die Illusion von Vergänglichkeit und versucht an etwas festzuhalten, das von vorneherein dem Vergänglichen geweiht ist. Die Ursache von allem Leid ist in dem verzweifelten Versuch zu finden, das Vergängliche unvergänglich machen zu wollen. Es gibt Menschen, die ihr Auto lieben. Sie pflegen und putzen ihr Auto. Sie führen ihr Auto sonntags aus, wie andere einen geliebten Menschen ausführen. Ein kleiner Kratzer im Lack dieses Autos kann in einem solchen Menschen Leid verursachen. Dieser Mensch weiß, dass seinem Auto etwas passieren kann, und hat Angst um sein Auto. Genauso wie Menschen Angst um ihr Auto haben, haben sie Angst um ihren Körper, denn die Vergänglichkeit sieht man täglich im Spiegel. Ein Wissender weiß, dass das höhere Bewusstsein unendliche Autos oder Körper besitzt. Es stirbt niemals. Es kann die Intensität und die Verbundenheit zu einem inkarnierten Körper erhöhen oder senken. So wie ein Mensch sich ans Steuer eines Autos setzen kann, so kann das höhere Bewusstsein sich ans Steuer eines Menschen setzen. Wenn dies passiert, dann wird der Mensch nur noch Zeuge von allem, was um ihn herum passiert. Zeuge zu sein, wenn das höhere Bewusstsein das Ruder übernimmt, ist das Schönste, was einem Menschen passieren kann. Denn in diesem Moment erkennt man, dass etwas Höheres existiert und man sich diesem Höheren anvertrauen kann. Setzt sich das höhere Bewusstsein auf die Rückbank des Autos und lässt den Menschen fahren, dann ist das Ziel der Fahrt das Unbekannte. Es existiert in allen Dimensionen, auch in unserem Universum, nur eine Konstante. Diese Konstante ist die Dynamik. Das Einzige, was überall gleich ist, ist, dass alles in Bewegung ist. Bewegung sorgt dafür, dass sich alles stetig, aus sich selbst heraus erneuert. Es existiert nur das Nichts, welches das Potential unendlicher Möglichkeiten ist, oder es existiert nur Bewegung. Diese Bewegung gilt es, so intensiv wie möglich zu erfahren. Dieses Universum ist wie ein Mikroskop, durch das der Mensch blickt und vergessen hat, dass drum herum noch andere Dinge existieren. Die Unkenntnis, was man ist, in Verbindung mit der intensiven Erfahrung in diesem Universum, die zu einer falschen Identifikation führt, führt zu allem Leid. Aus diesem Grund haben viele Menschen, die zu Erkenntnis gelangt sind, darüber berichtet, wie wichtig die Selbsterkenntnis ist. Selbsterkenntnis zu erlangen ist, wie wenn man mit einem Auge durch das Mikroskop schaut und mit dem anderen sieht, was sich außerhalb des Mikroskops befindet. Während Menschen, die keine Erkenntnis haben, mit beiden Augen durch das Mikroskop schauen. Dies kann dazu führen, dass man die Intensität der Unkenntnis weniger wahrnimmt, denn man erkennt die Illusion dieser Welt. Im Gegensatz zum Menschen, der einen Verstand mit Eigenleben besitzt, scannen Tiere oder Pflanzen ihre Umgebung. Tiere und Pflanzen denken nicht über Zeit oder die Vergänglichkeit nach. Sie konzentrieren sich auf das Erleben und Erfahren dieses Universums.

DAS ÜBERNATÜRLICHE
WIRD NATÜRLICH

Jason Brancatelli bewegte durch sein Wirken viele Menschen. Durch seine Arbeit wurde verhindert, dass die Menschheit vorzeitig zugrunde ging. Er war die Initialzündung für viele weitere Menschen, die Welt und das eigene Sein mit anderen Augen zu betrachten. Die Menschen standen kurz davor, einen roboterhaften Zustand einzunehmen, in dem sie sich selber durch strenge Konditionierungen von Verhaltensweisen und engstirnigen Glaubenssystemen das Bewusstsein rauben ließen. Seit tausenden von Jahren litten sie daran, immer wieder zu vergessen, was sie sind. Auch wenn ihnen das nicht bewusst war, so waren sie bei allem, was sie taten, Opfer und nicht Täter. Denn sie gaben sich immer wieder der Verführung eines Glaubensansatzes hin. Eine Zeitlang war dieser Glaube durch Religionen, Königreiche oder Nationen beeinflusst. In der modernen Zeit wurde dieser Glaube von dem Glauben an die Wissenschaft oder den Fortschritt abgelöst. Der Fortschrittsglaube ist die Karotte des Esels und ließ sie daran glauben, dass bald alles besser wird. Der Weise erkennt, dass es niemals besser werden kann, denn dies bedeutet, dass es bisher schlechter gewesen sein muss. Was nützen technische Geräte, die für den Menschen etwas erledigen, wenn er sich im Gegenzug dafür den ganzen Tag mit ihnen beschäftigen muss. Seine ganze Aufmerksamkeit richtet er auf seine Beschäftigungen und vernachlässigt die Vielfalt von allem und sich selbst. Es ist leicht, zu erkennen, wer der Herr und wer der Sklave ist. Das jeweilige Glaubenssystem gewinnt und knebelt die Aufmerksamkeit seiner Anhänger. Der einzige Vorwurf, den man einem Menschen machen kann, ist, dass er in den seltensten Fällen einfach nur sich selber ist. Mit sich selbst zu sein bedeutet nicht, alleine zu sein, sondern den Kern seiner Existenz zu kennen. Sich selber zu erkennen und nicht mit Anhaftungen von Dingen, die von außen kommen, zu identifizieren. Es war notwendig, dass eine bestimmte Anzahl von Menschen einen gewissen Bewusstseinsstand erreichte. Jason Brancatelli schaffte es, dass viele Menschen ihre eigene Existenz hinterfragten. Ich entfernte mich von Jason Brancatelli, denn ich wusste, dass ich meine Aufgabe erledigt hatte. Durch das, was Jason Brancatelli schreiben und tun wird, wird er die Welt verändern.

DAS POTENTIAL DER ABSICHT

Das vierundzwanzigste, dreiundzwanzigste und zweiundzwanzigste Mysterium basieren alle auf Energie, die durch eine Frequenz ins Leben gerufen wird. Diese Frequenz wird wiederum von Bewusstsein erschaffen. Letztendlich ist alles, was man wahrnimmt, die Projektion von Bewusstsein. Ich befand mich im dreiundzwanzigsten Mysterium und genoss die Ruhe, die sich mir bot. Dieser Ort, dessen Aufgabe es war, das vierundzwanzigste Universum in Balance zu halten, vor den Kräften der Unkenntnis, die vom zweiundzwanzigsten Mysterium ausgesandt wurden, ist ein besonderer Ort. Es ist wie ein Paradies, an dem keine Gewalt, kein Stress und keine Dinge existieren, die stören. Und dennoch gibt es hier etwas, das stört. Dadurch, dass es nichts gibt, was stört, fängt es nach einer gewissen Zeit an, dass man es als störend empfindet, weil nichts Nennenswertes passiert. Es ist wie nach einer Achterbahnfahrt. Manche Menschen sind froh, eine Achterbahnfahrt überstanden zu haben. Selbst wenn sie sich danach an dem schönsten Ort ausruhen könnten, taucht nach einiger Zeit die Frage auf, was man denn jetzt tun sollte. Und irgendwann kommt der Moment, an dem man den schönen Ort verlässt, um wieder in eine Achterbahn zu steigen. In der Menschheitsgeschichte wurde das dreiundzwanzigste Mysterium oftmals mit dem Paradies gleichgesetzt. Mir war bereits jetzt klar, dass das dreiundzwanzigste Mysterium nicht das Paradies sein konnte. Es war nur ein Gegenpol zum zweiundzwanzigsten Mysterium.

Zu der Zeit, in der ich Helene war und alles aus der Perspektive eines Menschen betrachtete, gab es für mich nichts Übernatürliches. Es ist nicht so, dass es nichts Übernatürliches gab, jedoch war ich unfähig das Übernatürliche zu sehen. Das vierundzwanzigste Mysterium wurde geschaffen, um die Unkenntnis zu erfahren, und dazu war es notwendig, dass sich das Nichtphysikalische dem Menschen nicht leicht zu erkennen gab. Für einen Menschen sind besondere Fähigkeiten oder wundersame Ereignisse etwas Aufregendes. Er ist sich nichtphysikalischer Kräfte nicht bewusst und lehnt die Existenz dieser ab, bis er durch besondere Begabung oder Ereignisse selbst Zeuge der Existenz solcher Dinge geworden ist. Letzten Endes führt spätestens der Verlust des körperlichen Vehikels, durch den Tod, zu einem Näherkommen der eigenen Seele und zur Erkenntnis. Den Kräften der Unkenntnis zu trotzen und Erkenntnis willentlich herbeiführen zu wollen ist ein schwieriges Unterfangen. Denn das Bewusstsein eines jeden Menschen hat sich freiwillig dazu entschlossen, dieses Mysterium der Unkenntnis zu betreten und zu erfahren, wie es ist, sich selbst nicht zu kennen. Erkenntnis zu Lebzeiten erlangen zu wollen, bedeutet, gegen die ursprüngliche Entscheidung des eigenen Bewusstseins vorzugehen. Es bedeutet, wieder eine Verbindung aufzubauen, mit dem eigenen Bewusstsein, das einen für eine Weile alleingelassen hat. Das eigene Bewusstsein lässt einen allein, wenn es merkt, dass man seine Aufmerksamkeit auf weltliche Dinge richtet, denn die gilt es auch zu erfahren.

In der Geschichte der Menschheit gab es eine Zeit, in

der Wunder alltäglich waren. Der Mensch sah in allem ein Wunder. Es war nicht nur so, dass er in allem ein Wunder sah, sondern für ihn war es der große Geist, der die Existenz von allen erschaffen hat. Dieser Geist ist das kollektive Bewusstsein. Der Geist, der sich nicht direkt zeigte, sondern einen Vorhang, die Materie, vor sich gezogen hatte, wurde von diesen Menschen erkannt. Sie erkannten, dass hinter allem, was existiert, der Geist herrscht und folglich alles der Geist war. Wenn in allem der Geist herrschte, dann war auch alles dieser Geist und demzufolge war alles heilig. Heilig kann nur etwas sein, das ganz ist, denn wenn etwas ganz ist, dann ist es heil. Der Geist an sich ist ganz und alles, was in ihm existiert, ist daher heilig. Nur jemand, der keine Erkenntnis hat, kann Dinge als nicht heilig wahrnehmen. In dem Moment, in dem ein Bewusstsein etwas als nicht heilig ansieht, erscheint in ihm die Energie, die aus dem zweiundzwanzigsten Mysterium kommt.

Ich betrachtete die mich, im dreiundzwanzigsten Mysterium, umgebende Natur und sah, dass das Gras und die Bäume und die Tiere eine Form von Bewusstsein waren. Ich konnte die Energie dieses Bewusstseins wahrnehmen. Ich kniete mich nieder und betrachtete einen Grashalm. Ich sah dessen Energie als Form, jedoch war dies nur die Projektion eines Bewusstseins. Im selben Maße, wie die Landschaft auf einem gemalten Bild existierte, so existierte dieser Grashalm. Ich sah den Willen und die Absicht dieses Bewusstseins und erkannte, dass Bewusstsein selbst keine Form hatte, sondern im Wesentlichen ein Potential für eine Absicht war. Eine Absicht hatte dazu geführt, dass sich mir dieser Grashalm in der Form darbot, wie er es tat, indem er eine Frequenz erzeugte, die diesen Grashalm malte, so wie ein Maler ein Bild malt. Das Baumaterial der Absicht ist das Bewusstsein, aber ein Bewusstsein an sich muss noch keine Absicht haben. Somit erkannte ich auf einmal, dass etwas existieren musste, was über dem Bewusstsein stand. Dies war mir bisher nicht aufgefallen. Ich wusste nur, dass der Kern dieser Absicht nicht im vierundzwanzigsten, dreiundzwanzigsten oder zweiundzwanzigsten Mysterium zu suchen war, sondern aus einem der höheren Mysterien zu kommen schien. Meine bisherige Erkenntnis war nicht in der Lage, diese Absicht zu verstehen. Ich konnte nur ihre Existenz wahrnehmen. Ich fühlte nur, dass es etwas sehr Wesenhaftes sein musste. Ich stellte mir die Frage, wie eine Absicht etwas Wesenhaftes sein kann. Denn für mich war bisher eine Absicht immer das Resultat von etwas wie Denken oder dem Bewusstsein gewesen. Allerdings spürte ich, dass das Denken und das Bewusstsein ein Erzeugnis von etwas viel Größerem sein musste. Etwas, das man nicht aus den letzten drei Mysterien heraus erfahren konnte. Ich erkannte, dass meine Zeit gekommen war, um meine Reise fortzusetzen. Ich hatte genug von diesen unteren Mysterien erfahren und meine Neugierde auf das Kommende wurde immer größer. Ich wusste, dass die Reise noch lange nicht zu Ende sein würde, und freute mich auf mein kommendes Abenteuer, die Reise in das einundzwanzigste Mysterium.

EIN WIEDERSEHEN

Ich ging an den Ort, an dem ich Lennie zum letzten Mal gesehen hatte. Ich sah den Hügel mit dem Baumstumpf, auf dem wir gesessen hatten. Ich schaute hinunter in den Wald, der von hier oben aussah wie aneinandergereihte Brokkoliköpfe. Ich hörte die Vögel zwitschern und die Affen brüllen. Ich erinnerte mich an den Wald dort unten und an das tentakelhafte Wesen, das meine körperliche Form auflöste. Alles war friedlich und obwohl ich wusste, dass für mich bald nichts mehr so sein wird wie bisher, freute ich mich darüber, nochmal an diesem Ort sein zu dürfen. Denn an diesem Ort verändert sich nichts. Alles ist hier so wie immer. Dieser Ort ist ein zuverlässiger Platz, zu dem man gehen kann, wenn man Ruhe benötigt. Ich schaute mich um und wartete. Ich wartete auf Lennie, denn ich wusste, dass er nochmal kommen würde. Ich hörte die Grille zirpen und erinnerte mich an die Verbundenheit, die ich mit ihr gespürt hatte. Plötzlich bemerkte ich, dass hinter mir etwas war. Ich drehte mich um und erblickte Lennie. Lennie sah nicht aus wie ein menschlicher Körper, sondern ich sah seine Energie. Er hatte seine körperliche Form abgelegt, oder vielmehr hatte ich die Fähigkeit erlangt, die Dinge körperlos zu sehen. Ich freute mich ihn zu sehen und wir bewegten uns aufeinander zu. Es war das schönste Wiedersehen, seitdem ich gestorben war.

Lennie freute sich mich zu sehen und fragte mich: »Wie

ist es dir ergangen, hast du deine Mission erfolgreich beendet?«

Ich antwortete: »Ich weiß nicht, wie viel Zeit ich hier verbracht habe, denn Zeit spielt hier ja keine Rolle, aber ich denke, dass durch das Wirken des Jason Brancatelli die Menschheit eine Chance erhalten hat, das Ungleichgewicht zwischen dem dreiundzwanzigsten und dem zweiundzwanzigsten Mysterium wieder auszugleichen. Ich habe erledigt, was ich erledigen sollte.«

Ich fragte ihn: »Wo warst du so lange gewesen?«

Er sagte: »In der Zeit, in der du der Menschheit eine weitere Chance gegeben hast, die Wirklichkeit zu erkennen, habe ich mich um viele Schicksale gekümmert. Du weißt, ich bin ein Engel des vierundzwanzigsten Mysteriums und kümmere mich um die kleinen Dinge. Ich traf eine Frau. Diese Frau hatte jegliche Hoffnung verloren. In ihrem ganzen Leben hatte sie einen Schicksalsschlag nach dem anderen erlitten. Die Mutter dieser Frau hatte sie bereits als Kind schlecht behandelt. Sie wurde misshandelt und beschimpft. Sie ließ ihren ganzen Zorn und ihre eigene Unzufriedenheit an der eigenen Tochter aus. Als sie sechzehn Jahre alt war, wurde sie von ihrer Mutter zwangsverheiratet. Ihr Vater kümmerte sich nicht um sie und erschlug eines Tages, bei einem Streit, die Mutter. Sie empfand diese Tat als das Beste, was der Vater jemals gemacht hatte. Der Mann, mit dem sie zwangsverheiratet war, war weder liebevoll noch fürsorglich. Sie durfte das Haus nicht allein verlassen und wurde bei jeder Gelegenheit von ihm gedemütigt. Sie war für ihn sein Eigentum, auf das er herabsah. Die Familie ihres Mannes hatte keine Achtung vor ihr und behandelte sie so, als wäre sie minderwertig. Sie musste das Haus putzen, die Wäsche machen und ihre Schwägerin nutzte sie als kostenloses

Kindermädchen aus. Obwohl es ihr nicht gut ging, wusste sie nicht, wie sie sich aus ihrer Lage befreien sollte. Sie hatte kein Eigentum und keine Arbeit und sie glaubte, auf die Familie ihres Mannes angewiesen zu sein. Eines Tages geriet sie in Streit mit der Schwiegermutter. Sie hatte beim Waschen einen Fleck auf einer Tischdecke nicht entfernen können. Obwohl sie sich sehr große Mühe gegeben und ihre ganzen Hausmittel, welche ihr zur Verfügung standen, eingesetzt hatte. Die Schwiegermutter schrie sie an, wie nutzlos sie sei und dass sie selbst für einfache Haushaltsarbeiten zu dumm sei. Die Schwiegermutter fing an sie zu schlagen, bis sie zu Boden ging. Ihre Schwägerin, die durch das Geschrei aufmerksam geworden war, kam herbeigeeilt. Sie schlugen und traten auf sie ein und beschimpften sie. Plötzlich entfernte sich die Frau gedanklich von diesem Geschehen. Auf einmal machte es ihr gar nichts mehr aus, dass sie geschlagen und getreten wurde. Sie erkannte, dass der ganze Hass, der in ihrer Schwiegermutter und in ihrer Schwägerin war, gar nichts mit ihr zu tun hatte. Es war die Unzulänglichkeit und die Hässlichkeit der beiden Frauen, die diese Tat verursachte. Die Frau fing an zu lachen, über ihre Schwiegermutter und ihre Schwägerin, weil sie erkannte, wie schwach und fremdbestimmt die beiden eigentlich waren. Das Lachen irritierte beide nur umso mehr. Auf einmal bemerkte die Frau, dass es ihr vollkommen gleichgültig war, ob sie weiter am Leben bliebe oder nicht. Das Einzige, was sie interessierte, war, sich selber zu sein, und wenn es nur in der letzten Minute ihres Lebens sein sollte. Es war ihr egal, was passiert, sie wollte nur authentisch sein. In diesem Moment spürte ich sie, ich spürte den Verlust ihres Egos und ihres Verstandes und kam zu ihr. Ich umarmte sie und gab ihr ein Gefühl der Fürsorglichkeit, das sie in ihrem ganzen Leben noch nicht zu spüren bekommen hatte. Ihr wurde warm, und sie war voller Freude. Sie stand auf und ging, ohne der Schwiegermutter oder der Schwägerin etwas mitzuteilen, aus dem Haus. Sie lief die Zufahrtsstraße entlang und bog auf der Hauptstraße Richtung Stadt ab. Sie lief den ganzen Tag voller Freude die Straße entlang. Sie wusste, dass sie nichts mehr zu verlieren hatte, weil sie fühlte, dass sie gerade alles gewonnen hatte, was man gewinnen kann. Sie war frei und spürte ihr Selbst, denn ihr wahres Selbst kam zum Vorschein und es tat sich auf wie eine Blume, die anfängt zu blühen.

Ein anderes Mal war ich bei einem jungen Mann. Er wuchs in, wie man in der modernen Gesellschaft gerne sagt, guten Verhältnissen auf. Seine Eltern taten alles für ihn und verwöhnten ihn bereits in jungen Jahren. Sie kauften ihm regelmäßig neue Kleidung, schickten ihn in den Tennisclub und bezahlten ihm den besten Tennistrainer. Sie sparten viel Geld für ihn an, denn er sollte eine sehr gute Ausbildung genießen dürfen. Seine Eltern kamen aus der Mittelschicht. Sein Vater war Bankangestellter und seine Mutter, die sechs Monate nach der Geburt wieder arbeiten ging, war Angestellte in einer Marketingabteilung, in gehobener Position. Sie glaubten fest daran, dass sie die Leistungsträger der Gesellschaft waren. Sie empfanden einen tiefen Sinn in ihrer Arbeit. Sie fühlten sich in der modernen Gesellschaft sehr wohl und waren begeistert von den großartigen Möglichkeiten, die ihnen moderne technologische Errungenschaften boten. In ihrem Haushalt befanden sich viele technische Geräte und sowohl die Mutter als auch der Vater besaßen mehrere Mobiltelefone, mit denen sie fast ihre gesamte Freizeit verbrachten. Ab und zu fiel ihnen auf, dass sie mal etwas unternehmen sollten. Dann fuhren sie meistens auf den Tennisplatz, oder in ein Einkaufszentrum. Ihr Sohn studierte Wirtschaftsinformatik und schloss mit einem sehr guten Abschluss ab. Er wusste bereits, dass es äußerst wichtig im Leben ist, sich durchzusetzen. Ihm war klar, dass die Evolution nur die Besten nach oben kommen lässt, und das bedeutete für ihn, nicht nur besser zu sein als andere, sondern auch gerissener. Er konnte bereits als Kind erkennen, dass gut zu sein nicht ausreicht. Er konzentrierte sich auf seine Karriere und konnte erfolgreich einige Nebenbuhler ausstechen. Bereits in jungen Jahren war er Abteilungsleiter der Serviceabteilung eines Unternehmens aus der Informationstechnologie. Durch seinen hohen Leistungswillen konnte er für sich und für das Unternehmen große Erfolge verbuchen. Er konnte den Umsatz und sein Gehalt jedes Jahr steigern. Zu einem bestimmten Zeitpunkt fing er an, etwas müder zu werden, und er hatte nicht mehr den Elan, den er sonst hatte. Irgendetwas machte ihn traurig. Er besaß so viele Dinge und vergnügte sich mit vielen Frauen, jedoch wurde er immer trauriger. Anfangs hielt er dies nur für eine Erscheinung, die hoffentlich bald wieder vorübergehen würde. Jedoch tat sie das nicht. Es kam der Zeitpunkt, an dem er nicht mehr arbeiten wollte und auch nicht mehr mit Frauen ausgehen wollte. Selbst der Kaffee am Tage und der Alkohol am Abend machten ihn nicht mehr glücklich. Irgendwann fing er an, sein Leben zu hinterfragen, und dachte darüber nach, ob all das, was er in seinem Leben getan hatte, er deshalb tat, weil er es wollte oder weil die Gesellschaft es als gut empfand. Diese Frage ließ ihn nicht mehr los, und so fing er an sich mit den Sinnfragen des Lebens zu beschäftigen. Er las Bücher über Philosophie und besuchte einen Yogakurs. Doch all dies half ihm nicht wirklich, denn er erkannte, dass alles, was er in seinem Leben gemacht hatte, darauf beruhte, Leistung zu erbringen und eine Belohnung dafür zu erhalten. Er fing an keinen tieferen Sinn mehr in seiner abstrakten Arbeit zu sehen, und dadurch nahm seine Leistung ab. Er ging früher von der Arbeit, zeigte nicht mehr so viel Engagement und interessierte sich nicht mehr dafür, ob ein Kunde zufrieden war mit den Serviceprodukten, für die er verantwortlich war. Seine Unzufriedenheit nahm so weit zu, dass er anfing, sehr viel Alkohol zu trinken. Er trank so viel Alkohol, dass er morgens Kaugummis verwenden musste, um den Geruch zu überdecken. Er begriff, dass dies nicht sein Leben war und dass alles, an was er geglaubt hatte im Leben, nicht seinen innersten Werten entsprach. Er wurde sehr unglücklich und traurig. Eines Tages wollte er diesem Treiben ein Ende machen und lief zu einer Flussbrücke. Er war fest entschlossen seinem Leben ein Ende zu bereiten. Er setzte sich auf die Brücke, mit den Füßen Richtung Fluss. Ich spürte seine tiefe Traurigkeit über sein Leben, das nicht seins war. Ich ging zu ihm und beobachtete ihn. Ich wusste, dass es nur einer kleinen Änderung in seinem Leben bedürfte, und er wäre in ein paar Jahren wieder ein glücklicher und lebensfroher Mensch. Eine Straße weiter war eine Veranstaltung von Sozialpädagogen, die sich regelmäßig hier trafen, um sich über ihre Arbeit und andere Dinge zu unterhalten. Ich veranlasste, dass eine Sozialpädagogin, die vom Grunde auf zu ihm passte, diese Veranstaltung verließ, um etwas spazieren zu gehen und frische Luft zu schnappen. Sie lief auf die Brücke und sah, wie er auf dem Geländer saß. Als sie bei ihm angekommen war, sah sie ihn weinen. Sie bot ihm ihre Hilfe an und wollte wissen, warum er weinte. Er sagte, er wolle sich das Leben nehmen, denn er würde keinen Sinn mehr darin sehen. Sie unterhielten sich eine Weile und die

Sozialpädagogin stellte fest, dass sie diesen Mann irgendwie interessant fand. Sie schaffte es, ihn von der Brücke zu holen. Sie unterhielten sich die ganze Nacht. Am nächsten Morgen entschied sich der Mann sein Leben zu verändern. Er kündigte bei seinem Arbeitgeber und fand bald darauf eine Arbeit, die nichts mehr mit der Tätigkeit zu tun hatte, die er gelernt hatte.«

AUFBRUCH

Das Merkwürdige am Leben ist, dass man nie weiß, ob man das Richtige tut oder nicht. Es gibt nur eine Sache, die man weiß, und das ist, ob sich etwas gut oder schlecht anfühlt. In meinem ganzen Leben habe ich vieles gemacht, was sich gut angefühlt hatte, aber auch vieles, was sich nicht gut angefühlt hatte. Ich kann abschließend nicht sagen, ob das, was ich getan hatte, gut war. Ich weiß nur, dass allem im Leben eine stetige Bewegung zugrunde liegt und ich Teil dieser Bewegung sein durfte. Es war nun die Zeit gekommen, in der ich Abschied nehmen musste. Ich wunderte mich über mich selber, wie wenig Heimweh ich nach dem vierundzwanzigsten Mysterium hatte, aber ich war mir bewusst, dass alles, was dort existiert, früher oder später nachkommen wird.

Ich sagte zu Lennie: »Es ist an der Zeit, Abschied zu nehmen.«

Er umarmte mich mit einer sehr sanften und liebevollen Energie, mit der ich mich sehr gut fühlte. Diese Energie war, wie als würde man sich zuhause und angekommen fühlen. Ich wusste, dass ich jederzeit wieder zu ihm gehen konnte.

Er sagte: »Ich wünsch dir eine gute Reise. Wenn du mich brauchst, dann weißt du, wo du mich finden kannst«

Ich war neugierig auf das einundzwanzigste Mysterium. Ein neues Abenteuer wartete auf mich. Ich verabschiedete mich von Lennie und bewegte mich in einer immer schneller werdenden Geschwindigkeit in Richtung des einundzwanzigsten Mysteriums. Nach einer Zeit erkannte ich ein kleines Licht, das, je näher ich kam, immer größer wurde. Es war ein Licht, das aussah, als wäre es von einer Art Röhre umschlossen.

DANK

Ich danke allen Menschen aus ganzem Herzen, die mich unterstützt haben. Ein Dank an alle Suchenden.

ÜBER DEN AUTOR

Matthias Dächert, geboren 1976 in Hessen, wuchs in einem Vorort von Darmstadt auf. Nach einer Ausbildung zum Bankkaufmann in Darmstadt und vielen Reisen um die Welt absolvierte er ein betriebswirtschaftliches Studium in Deutschland und Schottland. Als Geschäftsführer eines mittelständischen Unternehmens lebt und arbeitet er bei Darmstadt.